六书坊

往事碎屑

[美] 王受之 著

武汉大学出版社
WUHAN UNIVERSITY PRESS

图书在版编目(CIP)数据

往事碎屑/(美)王受之著.—武汉:武汉大学出版社,2013.6
六书坊
ISBN 978-7-307-10618-5

Ⅰ.往…　Ⅱ.王…　Ⅲ.随笔—作品集—美国—现代
Ⅳ.I712.65

中国版本图书馆 CIP 数据核字(2013)第 056442 号

责任编辑:张福臣　　责任校对:王　建　　版式设计:韩闻锦

出版发行:**武汉大学出版社**　(430072　武昌　珞珈山)
(电子邮件:cbs22@whu.edu.cn 网址:www.wdp.com.cn)
印刷:武汉中科兴业印务有限公司
开本:880×1230　1/32　印张:6.75　字数:117 千字　插页:2
版次:2013 年 6 月第 1 版　　2013 年 6 月第 1 次印刷
ISBN 978-7-307-10618-5/I·711　　定价:15.00 元

六书坊

编委会

<<<
王受之

前言

小时候总是喜欢问大人讲故事，大人大多讲的都是自己所经历的往事，一方面可以有天方夜谭的感觉，另外一方面也时时会涉及到吃什么，这样也可满足困难时期的饥肠辘辘感。我的父亲讲抗战流亡的故事多，那是他记忆最深刻的，母亲也讲流亡的事，那也是她生命中最可贵的一段。倒是解放后的事情，全身一页一页被斗争的故事，别说讲，就是想都不想。从三反五反、胡风反党集团、到批评武训传、再到公私合营、合作社运动、反右、反右倾拔白旗、三年灾害、社会主义教育运动，人民公社运动，到十年文革，哪一段是温暖的？没有，到文革结束，中国人就是与苦难为伍，没有什么可以回忆的，除了少数御用作家可以在飞机上看落日（刘白羽）、在华沙听肖邦故居的钢琴（何家槐），周边的大人最美好的回忆还是抗战和解放前的，动乱归动乱，有办法找到自己退隐的空间，有刻骨铭心的恋爱，有随心所欲的出走；解放后就全部管起来了，连恋爱也是组织介绍，婚庆关系一律叫做“作风问题”，或者“乱搞男女关系”。

我开始记忆比较清晰的时代是1966—1976年的“文化大革命”，是国内还没有开放和可以随便回忆的阶段，而20世纪80年代从我们的理解，则是中国鲜有的文艺复兴时代，理想主义、哲学讨论、朦胧诗歌、试验音乐和摇滚、当代艺术和涂鸦，但是在国内这一段又有好多禁区，“精神污染”、“自由化”各占了两年，到 1989—1992 年，干脆一句话不能够回忆了。按照国内的口径，中国美好的时代是 1992 年才开始的。这样的背景，使得我们这代人真是没有什么能力写回忆录，回忆被因各种政治原因给切成一片片的，连不起来。

到现在为止，我经历的时间大约可以分成如下几段：

1946—1953 年：广州童年；住在连新路 81 号，父亲在艺术学院当作曲老师。母亲在中山图书馆当馆员；

1953—1966 年：武昌阶段，在现在武汉音乐学院的院子里生活，小学在武昌解放路小学（原来属于三一公会的教堂，叫做三一小学），初中在武昌四十五中心；高中在徐家棚的武汉师范学院附中，现在叫做湖北大学附中；

1966—1968 年：文化大革命，停课胡闹，我开始从事专业绘画工作；

1969—1972 年：在湖北省洪湖县新滩口区　狄障公社　光华大队，第一生产队插队劳动；开始学英语和画速写、素描；

1972—1977 年：在洪湖县工艺美术厂（贝雕厂）当设计员，每年参加广州中国出口商品交易会，系统学习美术史、工艺美术史、历史学，练习外贸英语口语，并且为工厂采购原材料，跑遍全国沿海地区，也参加写生，去过很多名山大川；

1978—1979 年：大学：武汉师范学院汉口分院外

语系本科学生，学习英语，但当时英语已经很好了，因此不安心学习，国家那年有“老三届”可以破格参加国家研究生考试的政策，计划考研究生；

1979—1982 年：武汉大学历史系美国现代史研究生，跟随刘绪贻、吴于瑾、韩德培先生，得美国威斯康辛大学麦迪逊校区的 Stanley Curtler 教授指导，参加撰写美国现代史、撰写百科全书美国问题条目。在武大认识了好几个美国朋友，其中 Anderew Howitt、Jim Gage 成了毕生好友；

1982—1986 年：决定不在美国研究界发展，是一个重大人生决定，毕业之后即到广州美术学院工艺美术系当老师，后期升为副教授、教授、系副主任，一直担任“工业设计研究室”副主任。撰写设计史。在全国讲授现代设计，协助奠造现代设计教育体系。

1987—1988 年：以访问学者身份在美国宾夕法尼亚西切斯特大学艺术学院（West Chester University）做研究，也兼课；

1989—2012 年：洛杉矶帕萨迪纳艺术中心设计学院（Art Center College of Design，Pasadena）担任全职教授，主要教设计史论课程；曾经在加利福尼亚艺术学院（California Institute of the Arts，Valencia）、奥蒂斯艺术与设计学院（Otis Institute of Art and Design，Los Angeles）、南加州建筑学院（Southern California Institute of Architecture，Los Angeles）兼课，教授设计

史论方面的课程。

在国内担任多个学院的客座教授，担任了万科、龙湖、金地、鲁能、融创、绿城、中信、建业、奥园、天地源等一系列大型房地产公司的设计顾问，参与了很多城市、开发区的设计工作。

出版了设计史论系列丛书和一系列关于设计的读物；

2003—2012年：受李嘉诚基金会邀请，担任汕头大学长江艺术与设计学院副院长；但是主要工作还是在洛杉矶的艺术中心设计学院；

2012—现在：汕头大学长江艺术与设计学院院长。

粗略分：是广州一段，武昌一段；洪湖一段；美国一段，后期周游列国，是为公事，但是见多识广，结交也甚广，前后判若两人的生活，但自己感觉个人的人格依然很简单朴素，没有多少因受到环境影响而改变了去。

武汉大学出版社约我出个回忆录的小册子，我给他们一部分文章，不连贯。对不起大家，其实不是写不出来，是不能够写出来而已。心里总相信：有一天可以写完的，不过我自己等不等得到那一天，就不知道了。这些留存的老照片，也是劫后余生，能够保存到现在，也当属幸事了。

2013年3月15日星期五

<<<

作者照片

目　录

CONTENTS

第一辑　童年广州

第二辑　武汉时光

目 录
CONTENTS

第三辑　走进美国

第一辑　童年广州

>>>

<<<

1947年春　摄于广州连新路81号　祖父王仁宇

笑问客从何处来

中国人喜欢修族谱，讲究家族根系深远，当然，在欧洲的一些历史悠久的国家也有这个传统，我以前在美国大学的一个同事艾诺·帕索宁（Aino Paasonen）是芬兰人，但是她的父亲是匈牙利人，并且曾经是匈牙利的奥匈帝国时期的贵族，因此她也有比较详细的贵族族谱，她的及笄礼（贵族女孩子到18岁成年进入正式社会圈的仪式）是在瑞典的斯德哥尔摩王宫举行的，家世虽然没落了，她还是比较清楚自己的家谱，起码可以上溯到15世纪吧。而大多数美国人，因为都是移民后代，家谱基本很少有人记得住的，当然也没有谁会去管这档子事。我研究生时期的美国导师，也是好朋友，现在在麻省一个社区大学教文学的安德鲁·霍维茨（Andrew Howitts）在和我聊起我们王家修族谱这件事的时候，有些感慨，他说只记得家里长辈提到，他的祖先应该是从罗马尼亚来的美国，当时在纽约爱丽丝岛移民局过关，移民官读不好那个原名，就给改成“霍维茨”了，至于原来的名字是什么，家里居然没有人知道了。

王氏是中国四个人数最多的姓氏之一，也是中国最古老的一个姓氏之一。据中国公安部对全国户籍人口的最新（2007年4月）统计分析显示：王姓为现代中国第一大姓，有大约9288.1万人，占全国人口总数的7.25%。除中国外，在朝鲜半岛、中南半岛（主要是越南）也有王姓后裔分布。另外，王姓亦是日本单姓之一，但极为罕见。不过是不是同一个祖宗根源，谁也不清楚了。

我查了一下历史，王姓的来源有多个，但构成现代王姓的主要来源有四个：子姓、姬姓、妫姓和外族改姓。

我记得在广州美术学院的时候，有一个设计系的老同事，是个很好的画家，河南人，叫姬德顺，我知道他的那个姓是中国最古老的姓，因为从“女”旁，是母氏系社会的遗留痕迹，但是就不知道原来我的王姓和姬姓还有这么个渊源关系。

王姓在先秦、汉晋时期一直以华北地区为主要的活动地区，发展十分迅速。隋唐时期王姓各派除了向内地迁徙之外，最主要的事件是河南固始人王审知南迁到福建，建立了闽国，成为五代十国之一，是福建王姓的开山鼻祖，历史上被称为开闽王氏。明朝永乐年间，这支王姓开始进入台湾。

而根据我祖父王仁宇编的族谱，我们这一支王氏是明代洪武元年从南雄县珠玑巷迁入惠州的，洪武元年带王氏到惠州的叫做王鸿业，是惠州王氏的先祖了。到惠州之后，主要是聚居在霞阁登云坊，今年我去惠州看一个项目，跟开发商说想看看我王家祖宗住过的村子，结果人家告诉我，那里现在已经是市中心了，村子当然踪影全无，可知这沧海桑田的变迁，纸上是弹指一挥间，而人间早已是千载百年。

<<<

1946年父亲母亲补办婚礼

王家先祖大都葬在惠州北郊兔田，据说每年去参加清明节祭祖的王氏族人多达数百人。到我祖父的时候，也还去参加过北郊的祭祖活动，我是从来没有去过了。看祖父的记载，祭祖是按照去的男丁计算的，每个男丁须出面粉 60 斤，做面点给去的人吃，到重阳节的时候就去祭祀先母。从明代到清代，族谱上王氏男丁的数量一直都变化不大，在 150 ~ 160 人之间。历年无大增减，这说明王氏一族在惠州的生活都还稳定。

惠州王氏一族，务农者多，经商者少，但因为务农收入低，因此就有人去广州谋生，我祖父这一支是于 1900 年前后来到广州的，按照现在的说法，到 1947 年前后，基本应该算是广州居民了。但是按照籍贯和祖坟老说，我们还是自认惠州霞阁人。

当然，王氏一门中，读书人还是有一些的，其中惠州霞阁第三代叫做王绍祯，中了秀才。后来也陆续有考上秀才的，但官都不大，有十一世王祖凤当过广东英德的儒学教师（教谕），后来做了山东日照县的县长。

我的曾祖父叫做王继文，下面两个儿子，就是王仁宇和王仁度（我叫做叔公，在美国活到102岁，100岁生日的时候美国总统老布什亲自写信恭喜的），我的祖父王仁宇，字樨庄，小名“穗生”，就是广州生的。光绪15年11月22日生，去世在台北或者香港，应该是1972年左右，当时因为正是“文化大革命”期间，我们家和他完全断了联系，因此也不知道准确的去世时间。我的祖母，叫做李荷生，留学德国学医，是中国最早留学外国学西医，并且研究传染病的，她生于光绪14年6月24日，大约在1922年去世，也就是我父亲三岁的时候去世了，是因为做研究的时候感染了结核病，当时还没有发明青霉素，无法治疗。她过世之后，隔了好久我祖父才续配，也就是我父亲的后母，叫做郑思斌，但到1943年，郑思斌也去世了。

我的祖父和郑没有孩子，和李荷生有两个儿子，一个叫做王义光，我伯父，一个是王义平，小名“六艺”，我父亲。父亲是民国八年2月18日生的，也就是1919年，去世是1999年。

按照父亲和我的伯父、叔叔这一代人的说法，我的祖父王仁宇早年留学日本东京帝国大学（现在东京大学），学机械工程，在日本参加孙中山的革命组织，因此是国民党最早期的成员之一。

<<<

1947年夏 摄于广州连新路81号 祖父王仁宇（中）、父亲王义平（左一）、母亲周令章（左二）、伯父王义光（右一）、伯母关倩霞（右二）、大表姐王宁宁、二表姐王端端、表弟王建新

在王氏中流传得最多的说法，是说他参加过广州起义，当时大概 18 岁，被捕，关在广州小北（现在登峰路一带）的清朝监狱了，清朝政府为了压抑民意，当夜判全部被捕的革命党人次日早上立宰，要在现在的小北附加杀头。管牢的牢头是我曾祖父的朋友，看见王仁宇和弟弟王仁道在被捕待处决的人犯中，说："为什么抓这样的小孩子进来？错了！"放人，两兄弟都逃得一命。于是第二天处决了 72 人，就是现在广州黄花冈烈士陵园的 72 烈士，因此，王家有个说法：不是那个牢头的话，黄花冈应该是 74 烈士的。

这个说法我曾经在 1989 年在洛杉矶的时候特别问过当时还健在的王仁度叔公，他当时住在我姑妈家，美国帕萨迪纳一条非常漂亮的叫做 Grand 街的一栋独立小洋房里。我当时问他的时候，他应该是 100 岁前后吧，但记忆力还是很好，说起这段，他说当时牢头帮他们两个开脱，说他们仅仅是不懂事的孩子，抓错了，就放了。他比王仁宇小四岁，当时也就 14 岁。

因此，我想，被捕可以肯定是真的，但是不是错捕，还是我叔公当时年岁小，因此祖父没有告诉他带他去干什么，就无法了解到了。

对我祖父王仁宇的说法还有很多，感觉都有点夸大，我现在看族谱他自己撰写的部分，就比较翔实，应该也比较可信。

据他自己的说法，他是在 1917 年在东京高等工业学校毕业，回国后担任广东工业学校机械系系主任，当时叫做机械科主任，后来又担任广东工艺局机械厂主任，其实就是广东兵工厂厂长，后来说他是兵工厂厂长，就是从这里出来的说法；同时担任广东水泥厂总工程师，当时叫做士敏土厂工程专员，士敏土是英语的 cement 水泥的意思。

后来成立了正式的兵工厂，叫做广东兵工厂，这个工厂从工艺局机械厂独立出来，祖父担任了总务处处长，那时候的总务处就是总经理，军衔是上校。当年又调到公务处担任处长，也就是从总经理转到总工程师的位置，那是 1926 年，北伐急需枪支弹药，因此一年之内两次调动职位。

到 1930 年，正式任广东兵工厂厂长，这是大家讲得最多的地方，其实早在初期他的职位就是近乎厂长了。

这个时候他开始和国民党中央政府不合，因此被排挤，1932 年被降职到广东广宁县当县长，1936 年又

1946年春摄于广州市政府门阶上

外放到更加偏远的广东合浦县（现在是广西的县）当县长。当年又调广东普宁县当县长，1939 年抗战期间调粤北穷乡连县当县长，抗战越来越激烈，需要用人，这样才有所提升，1941 年任广东省第三区行政督察专员（在肇庆），1945 年任广东省干部训练团教育长，少将军衔；1946 年重新担任广东省立工业专科学校校长，这就是后来华南工学院的前身。1950 年他退休去香港当了寓公，没有再娶，有一个保姆照顾终生。

祖父是一个受过日本正式高等教育的人，并且早年就是从事高等教育的，也做过好多年兵工厂的厂长，对管理也有心得，虽然受排挤，但还是交际很广。听我母亲说，祖父是很豪气的人，朋友很多，喜聚不喜散，所以尤其喜欢请客吃饭，这一点我真太像他了。不过祖父虽然朋友多，但是家庭生活却并不幸福，因为祖母早逝，而他的第二任夫人也早逝，这让他有点心灰意懒，因此到 1950 年他去香港之前，他把主要的精力都放在修族谱上，而不做他顾，也是一种心灵的寄托吧！从族谱的字里行间里，我可以感觉到他这种心态——其实他修族谱的年纪，与我现在的年纪相仿，也可能是因为时代不同了，翻看他亲笔修订的族谱，我总感觉他那时真的是垂垂老者的心态，那娟秀字迹中透露的苍凉，穿越这么长的岁月和空间，让身在美国的我，都有些凄然。

1945年抗战刚刚结束，我祖父从肇庆回到了原来被日军占领的广州，伯父王义光、我的父亲王义平也都回来了，一家子人团聚在一起，父亲还从重庆国立音乐学院带了我母亲回来广州结婚，这段相聚的日子并不长，但非常幸福和美，我就是在次年出世的。

祖父当时是从广东第三区督察专员调回来担任广东工业专科学校的校长，重新做教育，虽然一直因为和国民党政府意见相左，被调来调去当县长，但他本质上还是一个学工科的知识分子，日文很好，英文也能够看书，对教育很热衷，因此对于安排他做校长，他是很开心的。而两个儿子虽然都经历了抗战的艰苦，一家人也各散东西这么些年，但都完完整整，毫发无伤，长大成人，回到老人身边时也都成了家了，在当时那样的乱世，真算得上是大幸！老人自然感觉很欣慰！尤其到我出生那天，听母亲说，一贯严肃的祖父乐呵了一整天，开心得合不上嘴。

做了校长之后，祖父打算好要在广州安居乐业，

<<<

1949年与父亲的合影

和两个儿子一起住，安度晚年。

因此他很快在广州东山区的新河浦买了一块地，准备做一栋大房子，和我们住在一起。而作为搬去大房的过渡，他先在连新路买了两块很小的地，分别是连新路81号和85号，中间83号是一栋大的五层楼的洋房（解放后好像做了教育局系统的宿舍），祖父在靠83号两边分别建造了两栋小洋房，因为没有准备常住，所以在建的时候特意和83号业主达成协议，两栋房子都是有一边靠了人家的墙，而属于自己的那一面墙，是用抗战后遗留的碎砖来做的。

这两栋洋房都是木结构的，第一层铺的是广东常用的那种吸潮性能很好的大阶砖，第二层是楼板上铺瓷砖，楼下有个后面的天井，洗手间和厕所在天井里面，二楼有一个洗手间，有浴缸。三层是天台，广州人叫做“天棚”，在天台上可以看到正对着的广州市政府和中央公园（现在叫做“人民公园”），广州现在地铁的“公园前”站，就是指那个公园的前面了。

那时我家里的顺德保姆云姐，经常抱着我到处走动，有时我们会去中央公园，解放前广州有几头大象，原来大概准备运到北方展示用的，因为仗打到广州了，没有人接手，就在中央公园里待着，所以我常闹着要去看金鱼，看“大笨象”。不过我最喜欢的还是去天台，那里视野最开阔，能看见市政府好像宫殿一样的屋顶，在天棚上就可以看到凤凰树托着的中山纪念堂，壮丽得不得了。

等后来我开始做设计研究了，才知道包括中山纪念堂、市政府在内的这批传统现代建筑，代表了中国建筑史上一个很绚丽的时代。1930 年以来，中国形式的公共建筑设计达到一个史无前例高度，其中除了美国人设计的武汉大学之外，广州的中山纪念堂就是一个非常杰出的典范，由一批中国优秀的建筑师，包括吕彦直、裘燮钧、葛宏夫、庄永昌、卓文扬、李锦沛等设计，12000 平方米，钢筋混凝土结构，飞檐斗拱，气宇轩昂，是中国宫殿形式建筑和现代科技结合在当时最集中的体现。1931 年，广州建筑师林克明设计了同样具有中国形式和现代功能的广州中山图书馆，2 层，设计平面紧凑，外观很突出传统的形式，红墙绿瓦，古朴雅致，也是一个很好的设计。

1931—1933 年，广州又兴建了中山大学，在石牌五山地区，与岭南大学隔珠江对望。这个大学也采用

<<<

摄于广州连新路81号（左）85号（中）—87号伯父王义光家（右）

了现代结构，民族形式，设计师全部是中国人，包括林克明、杨锡宗、郑校之、余清江、关以舟等。建筑面积43000平方米，很大的一个学校建筑群。校长邹鲁主持规划设计工作，分几期完成，包括文、理、法、农、工各个学院，均采用中国宫殿建筑造型，现代结构和功能空间布局，其中以郑校之的文学院建筑最具有创意，这个建筑群现在是华南理工大学，而中山大学则迁移到原来的岭南大学校园去了。

1934年，林克明又在广州设计了广州市政府大楼，建筑选址就在我家旁边。这个大楼原来叫“市府合署”，由市长办公室、市政府的六个局、1500人的大礼堂、会议室等功能部分合成，各个局之间可分可合，内部纵横交通方便，在城市中轴线的中央公园后面，中山纪念堂前面，民族形式，庄严肃穆，门口巨大的榕树好像华盖一样。

到1949年10月份，广州解放。我年纪还小，在家门口看汽车，市政府门前的汽车那些天好多，来来回回，几天之后，就一下寂静下来了，原来老是有兵把守的市政府突然好像空了。有一天早上，突然看见有好多穿灰色军装的兵把守政府门口，就是解放军了。

入城典礼那天，云姐早早带我上了天台，市政府门口已经搭了台，入城解放军的方队就在我们家门口左转、迈步、喊口号，台上有些人在招手，长大了才知道那些人中有方方、叶剑英、赖传珠、陈赓和邓华这些人。

再没过几天，父亲、母亲都不穿西装，而是改穿奇怪的“列宁装”和中山装了，那时年幼的我完全懵懂，并不太理会这个世界即将发生的巨大变化，还是住在祖父建的房子里，在父母的荫庇下过我的无忧无虑的童年，并以为这样的日子会天长地久下去。

当时谁也没有想到，祖父建的这两栋建筑从 1946 年开始，在那里整整用了 50 年，到 1990 年才因为政府要打通府前路到解放路拆迁。

到搬迁的时候，我还曾特意去看过，这两栋楼都已经不行了，因为是木结构的房子，白蚁闹得厉害，非常破旧。我小时候住过的 81 号，现在的位置安装着府前路到解放北路的一盏红绿灯，有时经过那里感觉真是伤感——某些官员头脑一热，我的童年记忆就给铲除干净了；而从城市规划的角度来说，府前路也是绝对不应该打通的，这样才能够保证公园、市政府的

<<<

1950年与母亲周令章、弟弟王习之合影

安静。所以我现在回到广州也很少去那里，甚至会绕着路走，那里有我太多童年回忆，现在不仅是人非，连物也全非，我是怎么看那盏红绿灯都觉得心里难过。

我伯父的婚姻不太愉快，所以祖父就把85号给他一家人住，自己和我们一家住81号。祖父住二楼，我和父母住一楼。

祖父是一个模样很智慧的人，光头，戴细细的金丝眼镜，永远穿得整整齐齐，穿西装和中山装，笔挺身材，很精神，手里总是一条拐杖或者雨伞，在当时是很洋派的。他在连新路81号和我们一起住的时候，我走路都还不太稳，但每天早上起来之后，都会爬上楼梯，到他的房里去，他总是哈哈笑着抱起我，祖父那里有个美国奶粉“克宁”（Klim）的罐子，是我固定的玩具。其实我小时候玩具很多，甚至有父亲买的玩具火车，是带轨道的那种，当时是非常稀罕的，但我好像特别喜欢这个“克宁”奶粉罐子，好多好多年以后，母亲提起我和祖父，还记得那个奶粉罐，很奇怪为什么我上楼就抱住不放。那时，祖父总是让我坐在他的膝盖上看画报。他当时订阅了美国的《生活》（Life）周刊，堆在茶几上，这本杂志的图片很精彩，很多是当时的中国看不到的新鲜东西，我特别喜欢看汽车、火车这类图片，他就翻开画报和我一起看，不仅教我认字，还讲解图片给我听，有时候我在想，不知道我现在从事和图画有关系的艺术、设计，从事写作，是不是和祖父在我幼年时给我的教育有关了。我父亲倒反而不太教我认字，但喜欢给我讲故事，四年之内，我们家就我一个孩子，因此很受宠爱，到1950年，弟弟王刁之出世时，祖父已去了香港，我都不知道我弟弟是否见过祖父了。

但我对于祖父最深的印象，大多还是和他出去吃饭联系起来的。祖父当时是省立工业专科学校的校长，又有专员的身份，工资不低，父亲也在省立艺专当教授，因此家里的经济条件都还不错，在当时属于比较上等的生活水平；而祖父也很喜欢上馆子吃饭（估计是他长期独身的原因造成的习惯），因此家里上馆子的机会就多了。

每到星期天的早上，祖父是很喜欢一家人去“饮茶”的。和外地人说喝茶不同，广州人饮茶的习惯，据说是起于清代。在咸丰、同治年间，广州这里有一种馆子叫“一厘馆”，设备很简陋，木桌板凳，供应糕

<<<

祖父王仁宇（中）、父亲王义平（左）、
张祖武（右，郑可先生的学生）

点，门口挂一个木牌子，写着“茶话”两个字，为客人提供一歇脚叙谈、吃东西的地方，据说就是现在规模宏大的茶楼的起源了。清朝后期，广州出现了“茶居”，“居”就是“隐”，即躲起来的意思，也是为了提供一些有闲的人消磨时间的好去处，后来规模大了才改名成茶楼。当时经营茶楼的人，都买下土地建几层高的茶房，然后全栋用来经营大型茶楼，大茶楼越来越多，广州人也养成了上茶馆的习惯。还有一种叫“二厘馆”也供同样的点心，区别在于价格和设备，茶楼的茶资要三分六厘，而二厘馆的茶资只需要二厘，相差甚远，足足十六倍。老式茶楼有些分等级，楼上比楼下的贵，因楼上有电风扇，而且地方较宽敞之故。

我们家在市政府旁边，是广州居中的地段，离开茶居林立的西关比较远，因此去“陶陶居”比较少。但在公园前、财厅前、双门底一带，还是有好几家不错的茶居。现在出名的“北园”在小北，越秀山麓边，虽然当时偏一点点，却是祖父喜欢去的地方，那里不但好吃，园林也特别优美。这家餐馆据说始创于三十年代初，1928 年由当时的商会会长邹殿邦出面集资。因地处北郊，有“山前酒肆，水尾茶寮”之称，故称为“北园”。不过北园长于正式粤菜，而饮茶则要去茶居，所有我们去得比较多的还是离家比较近的惠如楼。

惠如楼在中山五路，中山路横贯了整个广州旧市区，全长 9 公里，初到广州的人对那么长一条路统统叫中山路常感到困惑，因为这条路实在太长，不方便人们出行认路，因此不得已分为 8 段，从东端现在杨箕立交桥到西端的珠江大桥，分别以农林下路、东川路、越秀北路、北京路、解放中路、人民北路、荔湾路路口为节点依次命名为中山一路至八路，我记得在我小时候这条路不叫中山路，据说清代是叫“惠爱路”，当时也是一条通衢大道，1919 年拓延道路，定名为惠爱东、中、西路（今中山四、五、六路）。惠如楼在惠爱中路，这个以饮茶著名的惠如楼始建于清光绪元年（1875 年），是广州历史最悠久的茶楼之一，这惠如楼原是陈惠如夫妇经营的小食肆，由于陈氏多财善贾，食品味美价廉，故生意蓬勃发展，以后陆续增设了三如、多如、太如等“九如”的如字号茶楼，成为当时茶楼业的巨子。直到 1995 年，这个茶楼才因地铁建设搬迁至三元里广花路。

20 世纪 20 年代的时候，广州食坛盛行设“唱女

<<<

1952年二月十二日摄于广州凌烟阁，王受之与母亲周令章、弟弟王习之（受之佩戴是周令召先生设计的政协徽章

伶”以招徕顾客，惠如楼地处闹市，生意又旺，自然成为女伶出没的地方。这些来来去去的女伶，既为惠如楼带来日益增多的食客，又使惠如楼的声名四处传扬。我小时候和祖父、父母一起去“饮茶”，见有人点女孩子到桌边唱粤曲，就是这类女伶了，后面总有个拉胡琴的老头伴奏的。这粤曲不像苏州评弹那么柔弱，但也很优雅，唱完之后，茶客会给点钱，惠如楼早上是茶居，晚上就是饭馆，以正宗粤菜出名，在我自己记得，反而是点心好吃，楼下有点心外卖的，祖父在饮完茶走的时候，总会买一盒他们出的“榄仁萨其马”和“甘香鸡仔饼”。

祖父饮茶喜欢人多，因此总是我们家三个，伯父家四个，这样一大桌子人，大人喝茶聊天，小孩嬉闹。我小时候喜欢吃油炸的“芋角”，吃了就拉肚子，因此母亲看得很紧，不给我多吃。

我很是喜欢去茶居的那种感觉，热闹又好玩，茶居楼下入口的地方有卖报纸的，父亲后来告诉我：当时这些报贩还不是卖报纸，而是出租，茶客租一份，上去开一壶茶，两碟点心，广州人叫做“一盅两件”，一份报纸，个把钟头，很容易打发时间。我们这么多人去，自然就不能够“一盅两件”了。那时候叫卖点心的人是在胸前顶着个圆形的托盘，有玻璃盖，里面是一碟一碟点心，随叫随上，价格不同的点心碟子也不同，和现在很多日本料理连锁店分价格的方式是一样的，不过让人吃惊的是堂倌的心算：纵使你们吃了几十碟，他只要过来看一眼，就高声地向账房喊出价格，我父亲说，喝了这么多年茶，他印象里几乎没有算错过的记忆。

广东饮茶是吃点心的同义词，从早上吃到中午，星期天就过了半天了。有点像西方人星期天的 brunch，就说把 breakfast（早餐）和午餐（lunch）合起来吃了。不过点心种类就多了，我在泮溪茶楼问过他们有多少种点心，据说有八百来种，广东人真是有口福！

我祖父喜欢请客，我父亲则精于吃道，我有时候觉得父亲去做作曲好像有点浪费人才，他要是写美食专栏可能更加优秀。记得那时喝茶，每道点心上来，父亲都会给我讲讲这点心的来历和做法，比如虾饺，他告诉我是饺皮是澄粉做的，用鲜虾肉作馅，所以蒸出来皮薄、爽软，色白，晶莹透亮，粉红色的虾仁隐约可见；这种点心据我父亲说，是1930年代广州市郊

1951年摄于武汉

伍村河边一家茶楼首创的。我总觉得在广州饮茶，虾饺好像是不可或缺的。当然还有用猪肉、虾肉、冬菇作馅，捏成石榴花形的烧卖，也是30年代出现的，和我后来到江南、武汉吃的烧卖完全是两回事了。

一般小孩子都没有耐心，上桌就吵着要吃，比较懒的家长就会拿个莲蓉包，或者鸡肉做馅的“大包”（就是北方人的包子）给他塞住，一个就饱了，就不再烦大人了。幸运的是，我小时候好像不太闹，因此有机会吃好多不同的点心，比如娥姐粉果、泮塘马蹄糕，自然还有各种肠粉。

这肠粉还得说说，广州人又叫做布拉蒸肠粉，好多人就叫“拉肠粉”。据说是抗日战争时期由泮塘荷仙馆创制，将米浆置于特制的多层蒸笼中或布上逐张蒸成薄皮，分别放上肉类、鱼片、虾仁等，蒸熟卷成长条，剪断上碟，加以上原料的叫牛肉肠、猪肉肠、鱼片肠和虾仁肠；不加馅的则称斋肠，“白如雪，薄如纸，油光闪亮，香滑可口”。新中国成立的时候，我们隔壁的连新路79号迁来一家租户，就在早上做肠粉来卖，但他只有斋肠粉，我记得我家的保姆云姐经常带我去隔壁买来吃，看见老板用一把剪刀将一卷卷的肠粉剪出来，浇上红色的“甜酱”，好吃得不得了。我自己感觉好像比茶楼的还要好，当然是孩子的记忆了。

肇庆果蒸粽、糯米鸡、萝卜糕等等也都是饮茶必点的点心，小孩子吃不了多少，很快就东倒西歪地看隔壁桌子的人去了。祖父则和两个儿子——伯父和父亲聊天，乐也陶陶。

说到“陶陶”，也得说说祖父偶尔会带我去的西关“陶陶居”酒家。从连新路去上下九的西关不容易，坐三轮车去要走很久。陶陶居酒家在西关第十甫路，创建于清光绪六年（1880年），原名葡萄居，以“乐也陶陶”改名。黑漆金字招牌是康有为的字，我是喜欢康有为的字的，出国后回来，有时候自己去那里饮茶，想想原因一半是冲那几个字去的。陶陶居高四层，外观为红墙绿瓦、雕梁画栋的民族建筑形式，厅房宽敞明亮，陈设雅致，古色古香，是最典型的广州茶居了，经营了一百多年，广州西关一带的文人墨客、富商巨贾、社会名流都喜欢在这里聚会，长大以后才知道，鲁迅、许广平、巴金以及粤剧界好多名伶等都曾是陶陶居的座上客，名气很大。

祖父和父亲也都喜欢吃西餐，而离开我们家最近

1951年五一劳动节中山大学全体员工合影

的西餐馆是太平馆，在财厅前，很著名的西餐馆。这个西餐馆当时名气太大了，在香港的铜锣湾也开了分店，我去香港的时候和朋友一起在那里吃饭，连装修都有我小时候去的广州总店的氛围。广州太平馆餐厅现在是在北京路北端，靠近财政局，那里原来是国民政府的财政厅，因此叫做“财厅前”。这个西餐馆创建于1885年，是广州最早经营西餐的餐厅。我自己的感觉，纯粹的西餐并不是太好吃，经过广东人改良的西餐，好像香港的、澳门的西餐，往往比原来的更加精彩，太平馆就是这样一个改良西餐的发源地之一。这里的名牌西菜有八百多款，其中最著名的有“德国咸猪手”、“烧肥乳鸽”、“焗蟹盖”、“烟鲍鱼”、“葡国鸡”等。祖父喜欢太平馆，常常带我去，这个经历，使得我到美国之后，饮食上基本没有什么需要转型习惯的阶段。不过在我记忆中，最记得的还是太平馆附设的美利权冰室，那里的冰淇淋好吃得不得了，红豆冰入口就融，而有一种叫做“红豆棉花”的，等于是刨冰红豆，简直无法形容地好吃，所以每次跟祖父去太平馆，我是醉翁之意不在酒的，总是急不可耐地等待大人们吃完，然后拖了老人家去美利权冰室，软硬兼施地要求外带一款冰淇淋。

祖父还带我去过一次泮溪酒家。这个号称“园林美食甲天下”的泮溪酒家在荔湾湖畔，现在是龙津西路，创建于1947年，因附近有小溪“泮溪”而得名。我去的时候这里刚刚开张，据说此地曾是1000多年前南汉皇帝刘伥御花园“昌华苑”，荔枝湾那时候没有这么密集的民居，就说一湖白荷，周边全部是荔枝林，因此叫做“白荷红荔、五秀飘香”。我小的时候，那里还很简陋，用竹木、松皮搭架荷塘之上，但由于经营新鲜、地道的郊菜鲜虾肠、泮塘马蹄糕、八珍茭笋皇等独具地方特色风味食品，很多广州的文人雅客喜欢来。我去的时候简直开心极了，祖父拉着我在竹棚上面看塘里的荷花，有渔舟一叶，那情那景，历历在目。

当时家里还有两个佣人，一个是个孤儿，是我祖父一天晚上走路回家，在街头捡到的弃婴，祖父收留了，他一直跟着祖父长大，学写字，跟祖父做跟班，抗战后又跟到广州，我们都把他当自己家人看待，小时候他让我坐在他肩膀上去看彩灯。到公园看大象。这个人后来去了香港，当了老板，好多好多年以来一直在找我们家人，我在广州美术学院工作的时候，我

母亲带弟弟与中山图书馆的员工在纯阳观旅游

母亲从武汉来我那里住，有一天他和太太找到我那里，见到我母亲就跪下，泪流满面，叫“周小姐”（我们家的佣人都习惯叫母亲“周小姐”的），我母亲也哭了一场。这个人姓潘，好像叫做潘锡余。我和他没了联系，如果他现在还健在，应该是80多岁的人了。

另一个佣人是顺德来的“自梳女”（终身不嫁叫自梳），我们家都喊她“云姐”，可以说云姐是我童年最重要的一个人，基本上我整天都跟着她。她极为麻利能干，我有时想，可能我现在做事的麻利劲儿就来自她，从来不耽误工夫浪费时间。云姐也很能当家作主，家里如果突然有客人来，她还会根据自己的判断安排做饭上菜，精打细算，但又很是周到体面，她还记得经常来往的熟客喜欢的口味，所以我母亲经常说，没有云姐她简直不知道该怎么办，因为我母亲20岁就结婚，21岁生我，自己还不太懂生活呢，这些礼节上的应酬就更应付不来了，所以家里上上下下的事全都要靠云姐管着才不出乱子。

小时候，我和父母住一间大房间，睡在摇篮里就能看到墙上的两张画，等我再大一点，开始记事了，问母亲才知道，其中一张是父亲的肖像，一张是静物，都是油画，后来墙上又多了一张一个女孩子跳芭蕾舞的小油画。对这三张画印象这么深，主要是因为这三张画都很特别，父亲的画像，是很粗犷的笔触，色彩强烈，基本是原色，看起来一点都不像他，很古怪，我是很久以后才知道这张画是野兽派的风格；另外一张静物，包括一个吉他、一盆花和几个苹果，互相重叠，东倒西歪，形状也很古怪，也是后来才知道是立体主义风格。而那张跳芭蕾舞的一个孩子是杨秋人先生的女儿，杨白子的画，杨白子是尹定邦的前妻。年轻的时候是一个绝顶漂亮、优雅高贵的女孩，后来到中央工艺美术学院学习，毕业后分配到国家邮电部设计邮票，因为尹的关系才不得不回广州的，这是后话了。

我父亲喜欢画，可能和他自己做印象派的音乐有关，所以他喜欢的绘画也是现代派的，才在家里挂了这样几张，这样的风格，说实在的，在当时不说绝无仅有，也是极少见的了。

只是，那两张油画的作者，现在完全地湮灭在历史的烟尘中。我记得父亲也曾在我记事之后告诉我，画这两张画的人叫吴苑，我甚至都没确认过是不是这两个字，只知道他是广州人，1930 年代在法国学艺术，

<<<

1959年冬（大雪）兄妹三人与父亲合影

和徐悲鸿学写实主义、林风眠学印象主义不同，他是完全投身到立体主义、野兽派中的唯一中国画家，比方化民要前卫得多。这个人抗战后才回国，写得一手好小篆，国学功力也很深厚，解放后他的艺术自然是一点地位都没有，因此干脆完全不画画了，被调到广州文史馆当了馆员，就写写回忆录，基本是个寓公，偶然给人写个条幅，都是小篆，我手上有我父亲留给我的一张老先生写的条幅，上面是毛泽东的诗词。以我现在看来，他的小篆在国内也是一流的水准。因为他的年纪比我父亲大很多，是我祖父的朋友，因此我见他的机会很少，记得老先生当时也是住在解放北路附近，我父母曾带我去他家，印象中是一个干净、文雅很有气质的老人，很清癯，话少，只写字，家里连画具都看不见了，很难想象那么前卫的两张画是出自他之手。“文化大革命”期间，大概是 20 世纪 70 年代，我在一个工艺美术厂做设计，经常去广州参加出口商品交易会，我母亲还让我特别去看看他，我找了一天才找到他，登门拜访，他很客气，夫人也在场，问我的工作、生活情况，走的时候送我到门口，我走出巷口回头望他，老人家和太太都还立在门口看着我，削瘦的身影，孤伶伶的感觉，但又那么淡定，那乱世好像和他完全无干，一切喧嚣都被留在那条小巷之外。

说起这段，我的助理说，真是幸运，你那么小年纪就能看到立体主义、表现主义、野兽派感觉的绘画作品，这在当时的中国简直不可想象！我也深以为然，可能正因为这样幼时的熏陶，所以我并没有像很多人一样，对现代艺术的风格觉得排斥和无法接受，而是能够自然而然地接受它们，欣赏它们。

我后来写《中国大陆现代艺术史》（在台湾的《艺术家》月刊连载了好几年）的时候，也曾想尽办法遍寻吴苑老先生的资料，但毫无收获。

我曾查阅过他曾工作的广东省人民政府文史研究馆的相关史料，但竟然连他的名字都没有提及过。可以想见，这个人当时是多么地寂寞。完全是清风一阵，虽然很清新，很独特，但是，过了就永远没有人记得了。

说实在的，有时候我也觉得很模糊，有点怀疑，自己一直认定的，那两张他画的画，其实根本不是他画的。

我还曾试图从书法家的角度去找他的资料，记载上说，“广东老一辈的岭南书法名家如商衍鎏、叶恭绰、容庚、商承祚、祝嘉等继续精研书艺，努力创作，取得丰硕成果。一些书家更是收徒教学，形成几个岭南书艺流派。其中对广州书坛影响较大的有吴子复、秦咢生、麦华三、李曲斋等。吴子复的隶书、麦华三的楷书、李曲斋的行草更为众多书法爱好者的仿效和推崇。20世纪60年代活跃在岭南书坛的书法家还有侯过、伍根天、阮退之、佟绍甲等。”

但都没有列出这个吴苑，完全消失无踪了！其中容庚、商承祚我见过，商承祚和我还聊过几次天，麦华三是我在广州美术学院工艺美术系时候的同事，而这个吴苑，如果不是他的画在我记忆里如刻刀般深刻！他书写的条幅上，字是那么雄壮伟岸！我都几乎要怀疑当初的记忆是否只是我童年的幻象。他的才华虽不能与凡高相提并论，但比之于凡高，他更过于悲凉——甚至连身后都不能留下点供后人凭吊的作品！没有人给他一个应有的位置！这个世界，有才华的人何其多，但能青史留名的又何其少！但无奈的是，时世造英雄，当时的中国，还完全没有表现主义、立体主义、野兽派生长的土壤，他的湮灭，真的是无可抗拒的宿命！

我在这里提到他，也是希望能让大家知道，中国的现代艺术史上曾经有这样一个人，他的绘画和当时世界艺术发展的步伐曾经保持着一致，但他又是那么地寂寞，寂寞到真的“赤条条来去无牵挂”，连一张半张作品都未曾留下，所以我不仅要写下这一段，而且还要凭了儿时的记忆将那两张让我印象如此之深的画再画下来，当作对这位在中国现代艺术史上一直默默无名的老先生的纪念。

<<<

兄弟俩在广州中央公园合影

<<<

1982年进广州美院工作

白鹅潭和疍家

广州西端珠江边上，有个小岛，叫做“沙面”，沙面是广州的租界，有几座桥可以上去，上面道路纵横，巨大的榕树参天，建筑全部是欧洲新古典主义风格的，还有自己的教堂，完全是一块“飞地”，和广州没有多大的关系。广州的租界和其他几个开埠城市的租界不同，好像上海，租界蔓延上十里，占据了现在市中心的核心位置，原来上海镇的中心是南市，就是城隍庙那一带，后来居然成了比较偏的落后地方，直到1990年代香港瑞安集体和上海市合作，兴建“新天地”，才逆转回来；好像汉口，租界从“江汉关”开始，一直向下游延伸，也长达十里以上，从英、法、德租界到日租界，占地庞大，而广州人则把外国人仅仅限制在一个岛上，其实沙面和生意兴隆的十三行、上下九近在咫尺，但是就是不让外国人在华人区建造任何住宅，因此鸦片战争爆发前，林则徐可以把沙面包围起来，断食品供应，是和岛有关系的。现在沙面的外国建筑基本上被政府机关占领，并且有些机关在上面大兴土木，胡乱改造，沙面也就变质得厉害；加上1980年代，霍英东投资在沙面朝珠江的白鹅潭兴建大型酒店白天鹅宾馆，建筑了一条从沿江大道上宾馆的车道，好像给绿水遮盖的静谧的沙面打了一道箍一样，美国总领事馆也在白天鹅后面兴建了一座大楼，这样沙面就不成沙面了。和我小时候去的那个榕树华盖、安静异常的地方大相径庭，因此我万非不得已，也基本不去沙面。

沙面在解放前并没有多少旅游、餐饮设施，就是散散步的地方。沙面对开来是珠江三段河道交汇的地方，水面特别宽，叫做“白鹅潭”，这里上承西北两江之水，但以潮汐畅通，淤积不烈，河面宽阔浩淼，烟波荡漾，至于名称起源，有好多牵强附会的说法。

不过白鹅潭边上的广州西关一带则是广州长期的商贸中心，商业发达，有应酬和娱乐的地方，从海珠广场到沙面这一带，岸边建起了好多大酒店、餐厅，而水上也热闹得很。据说到清道光年的时候，白鹅潭这里尽是吃饭的、游河观光的小木船，还有数千妓船聚集。这些花船极华缛，对列成行，用板排钉连成路如平地，皆用洋锦毡氍铺垫。船上海鲜美食，乐曲戏班，莺歌燕舞，风情万种。每当明月初升，晚潮乍起，人潮涌动，笙歌彻夜。有过几次大火，花船遭火灾，损失惨重，热闹程度就差了。到我去的时候，基本没有这类大花船，只有小小的花艇，主要也就是吃饭游河用的。

我小时候父母和朋友到鹅潭夜游，也带了我去，如果没有记错，第一次应该是我三四岁的时候，到六岁的时候还去过一次。总是傍晚去的，在现在广州海关门口那片叫做“长堤”的码头水边上有好多花艇在招揽客人，花艇不大，上面可以坐大概八个人，艇上做了个很讲究的棚顶，金漆彩绘，从艇头上船，到舱

<<<
1948年初　摄于广州

里还挂有玻璃珠子做的珠帘，舱艇两边都镶有彩绘的玻璃窗（广州人叫做“满洲窗”），大家对面坐，中间是一个长条形的桌子，定好花艇，船家用竹篙顶开船，就在白鹅潭上游荡，那时候水上没有什么机动船，全部是各种小艇，一般是艇家的丈夫划船，妻子做饭给客人吃，到了江中心，停下来随波逐流，就在后面用柴火做吃的，肯定有粥，还有活的海鲜——他们把竹篓吊在船帮旁边，泡在水里，提起来就是活蹦乱跳的河虾、鱼和螃蟹了，有些夸张的甚至还在船后面放个鸡笼，里面养几只活鸡，随要随杀，因此肯定新鲜，青菜什么的就在河里洗涤，那时候珠江的水很清澈，因此没有听说过吃了脏东西拉肚子的。那片水面的艇多，因此颇为拥挤，我喜欢吃甜酸的腌制萝卜，艇家吆喝一声，就有一条专门卖小吃的艇飞快划过来，隔船看货，买了就递过来，饭后要吃芝麻糊、红豆沙、绿豆沙之类，也就叫一声，也有专门卖糖水的小艇会划过来的。一轮明月，映照着清澈的水面——那时候珠江基本没有污染，水清澈得很！还有一些艇上有唱粤曲的女伶，有些客人要听歌，也叫一声点歌，歌船上就是二胡、洋琴、琵琶伴奏，那女伶就坐在船头唱粤曲来，一阵清幽、有点凄凉的歌曲在水上飞散。因此，我记忆中的鹅潭夜月是有声的，不仅仅是一张图画了。

广州沿江都有好多好多的居民住在上面当家的小艇，排列层层，从水边数出去，有时候有十几层之多，珠江航道大概就剩一半，小艇都有固定的停泊位置，白天出去做事，晚上回到自己的泊位，在香港也如此。水上做了栈桥，可以上岸办事，我记得广州天字码头附近的那些艇家区，岸边还有门牌号码，邮政局是按照他们的位置送信的。这些小艇，有些是晚上在水面做服务、娱乐的花艇，只占一部分，还有一些是白天去打鱼的鱼艇，还有做运输的，或者什么不做，就当房子住的，相当于我在加拿大温哥华见到的船户（boat house）。在离开中心城市远一点的地方，也有人干脆在水上搭棚子住，做水上居民。水上人家其实很可怜，他们永世都要住在水上，陆地上没有家，在社会上让人瞧不起，好像贱民一样，在粤语中这类人叫做“疍家”。

疍家其实有两类，一类是在水上建造房子，这类我现在在马来西亚还看见有，另外一类就是住在船上

<<<
摄于广州一个照相馆　祖母李荷生（清末去伦敦学习结核杆菌的女博士）、父亲王义平、伯父王义光

的。据说广东的疍家3000多年前就已经出现了，这个说法出自在广东的高要市金利镇茅岗村发现的遗址，那里现存有广东最古老的水上木结构建筑遗址。该遗址总面积近5万平方米，为长方形，依山临水，靠山一端略高，作居住用，临水一段稍低，作捕捞用。遗址建筑为棚架结构，棚架四壁和上盖均用古树皮和茅草搭盖。据说当时的这些水上人家还不是汉人，是南越人。

最早看到“疍家”的描述，是宋代周去非的《岭外代鉴·延蛮》，里面说，“浮生江海者，疍也。钦之疍有三：一为鱼疍，善举网垂纶；二为蚝疍，善没水取蚝；三为木疍，善山取材。”又有考古发现，又有宋代的记载，因此学界都肯定疍家文化源自高要，据说目前高要境内依然在南岸、金渡、金利、新桥、禄步、小湘、大湾等镇存在2万多名以打鱼为生的水上居民。疍家以打鱼、运输为主，我们在白鹅潭见到的那些则基本是做游客的服务性行业的。

“疍家”，在广东也称为“疍民”、“疍族”、“疍人”，我听说在广东“疍家”还有“白水郎”等别称，其实不仅仅在广东，在福建、广西沿江滨海一带也有分布的，就是在海南岛也有他们的居住地点。我曾经沿粤东海边走，在海丰、陆风、潮汕地区都见到有疍家的痕迹，分布相当广。有点像客家人，分散在南方各地。

我小时候对为什么叫做“疍家”很好奇，父亲说是因所居住的渔船外形极像蛋壳，因而被人称为“蛋家”，可能是感觉这种称呼不雅，改称为“疍家”。新中国成立初期则一律改称“水上居民”。这些水上人家无论在性格、语言、服饰、居住、婚俗和宗教信仰等方面均自成一体，形成了极浓厚的疍家文化。比如他们的图腾是我很害怕的蛇。常在龙宫神像旁画蛇以祭，自称龙种。还在船首刻蟠蛇（龙）的形象，以为避邪。

有一次父亲带我到长堤的大公餐厅吃西餐，听见江里有人号啕大哭，我闹着要看，父亲说是喜事，不是出什么问题了，带我去江边看看，果然是疍家的“哭嫁”。自然有女人大哭，是习俗，但是不仅仅是哭而已，实际上是唱歌对答，唱得十分哀婉动听。叫做“咸水歌”，嫁娶的时候就是一路“咸水歌”，鞭炮齐鸣，一派喜气洋洋的气氛。据父亲说，婚宴酒席散后，男青年还有说唱晚会。疍家的婚俗始终贯穿一个“唱”字。从事音乐的父亲对他们的“咸水歌”是很关注的。

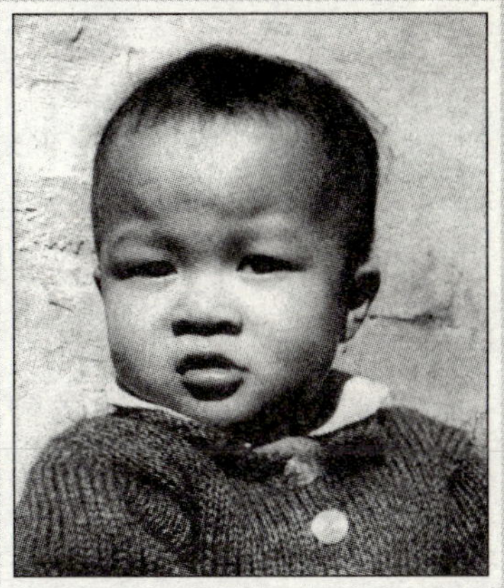

<<<
1948年初 摄于广州

我们晚上在白鹅潭上泛舟，吃什么呢？疍家宵夜是以食粥著名的。除了咸鱼花生粥外，艇仔粥最出名。疍家以生鱼骨熬瘦猪肉为汤底，再配以新鲜鱼片、虾仁、叉烧、浮皮、海蜇、花生、田螺肉滚一滚，在上碗时加上鲜葱和香口的薄脆，烹制成美味的八宝艇仔粥。现在的人在大餐馆里吃艇仔粥，大概一多半不知道源自哪里了。我则可以自豪的说在艇仔上吃过最地道的艇仔粥的。

疍家其实很小，姓氏也基本就七个姓之内。查《天下郡国利病书》和《古今图书集成》上都说，疍人有麦、濮、吴、苏四个姓，后来广东做文史的人再深入调查，发现还有上何、顾、曾三姓，这说明他们始终是少数民族啊。后来也有扩大的情况，不过在广州来说，这七个姓还是核心的。

疍家中也出了名人，比如香港的霍英东先生了，他应该是早年香港的疍家，后来经营房地产做大了，这段历史他不太提了。

新中国成立后，政府安排疍家上岸，广州现在珠江对面，也就是广州人叫的“河南”的海珠区滨江路一带的那些四五层楼的宿舍，就是20世纪50、60年代政府建设用来安顿上岸的疍家的。我估计现在住在那些宿舍里的人，应该都是第二、三代了，他们都没有在水上住过的历史和记忆了。在广东：陆丰甲子、惠州惠东、深圳西乡、东莞、香港各离岛也都有比较大规模的疍家上岸的住宅工程，因此疍家民系基本是处于濒临消失的状态中了。

<<<

与王凤仪老师合影于浙江美术学院

<<<

1986年春节，蛇口

母亲谱系

如果说我父亲家族是一个随着广州对外日益发展而形成的官僚型的大家族，那么我母亲的家族则是一个最有典型性的湖南地主大家族。这个家族姓周，是平江托莲周氏家族，曾经相当显赫。

家谱上有记载：始迁祖上珍公，宋熙宁六年（1073 年）自江西义宁漕头迁居平江东乡长寿塘口，生太庆、太青。太青立业城东周家湛。太庆传四世至“可”派七人，可英居塘口，可效迁岑川，可法迁西塘，可从迁托莲，可风迁横江，可兴迁长田市，可仙迁庄头。清乾隆初可从房始修族谱，1993 年六修，六修时生丁男 3190 人，女 2945 人。老派：太禹邦思可，均惟志丹文，伯仲大继天，兴永承宗岐。续派：光开令绪，代典加详，传家孝友，辅国忠良，庆衍先美，德贻后芳，敬守前训，用兹表扬。

虽然舅舅周令钊说过好几次，要我回去平江走走，但是因为工作繁忙，因而迄今还没有时间去。但是周氏在平江、在常德、在湖南的名气还是很大的。据说湖南四个大姓，唐、余、凌、周，这些家族之间还通婚，形成一张完整的湖南家族网，好像我的母亲周令章的表姐叫凌美文，表姐夫叫做余其渊，余的姐姐嫁给了唐家，就在我母亲家族内部，基本就是四大家族联姻的。在旧时宗法体制下，这是再普遍不过的现象了。

媒体说“平江周氏始祖周儒，自北宋熙宁年间

（公元 1073 年），从江西义宁迁居平江以来，在汨罗江流域繁衍生息，与其他姓氏民众和睦相处，共同奋斗，创造了璀璨的平江历史文明。近现代以来，涌现了一大批杰出人才。当代媒体报导说：青山之间，碧水之上，平江人既尚武，亦崇文。故盛产将军、文人墨客。彭见明、张步真、李自由、吴傲君、彭东明、吴牧铃等“文学湘军”将帅，撑起了平江文化大县的盛名。有“教授村”美誉的三市镇托田村，更是山里人“崇文”的经典。而这个托田镇，清代叫做托莲，周氏是托莲的最大的一家。

我妈妈的曾祖父据说是为官很成功的人，在平江托莲建造了周氏大屋，地点在平江三市镇托莲（托田）村的，当地人叫做“老三房”，是当年湘鄂赣三省边界遐尔闻名的豪宅。始建于清朝雍乾年间，距今已有 300 年。大宅坐北朝南，前低后高。按纵轴线设计，前后为“七进上”。整个建筑气势恢弘，富丽堂皇，占地一万多平方米。南面正中是前庭大门，大门东西两边是长约 180 米、高 15 米的青砖照壁大墙，从大门进入就是正厅，接着是花厅、十字厅、后厅等，其中包括横厅、侧厅、正房、厨房、过庭、走廊、天井，结构独特，前后只有南面正中一个大门，东西两侧各一个小门，表示财宝归家，万无一失。院前院后配套设施齐全。正门前有长 360 多米宽 26 米的长方形大地坪，大地坪前是一口半月形的月光塘，清波荡漾，莲花绰约。

<<<

儿时玩伴

大屋东西两侧墙外是绿茵茵的菜地和青莹莹的鱼池，后面是用泥土堆积起来，栽满了灌木、花草、荆棘的天然“围壕”，一道密密的绿色屏障。随着岁月的增长，当年围壕上的樟树长成参天大树，古樟直径两米以上，七八个小孩牵手才能抱住大树，华盖遮阳达几百平方米，被载入同治年间编修的《平江县志》。地坪中部靠塘边的正门前，左右对称竖有一对高昂雄伟的卷毛石狮子，高 5.6 米，基座 2.4 米，四周雕刻有各种花草瑞兽，两个卷毛大石狮口中各含有一个可以滚动的石球，还有不少形态各异的小狮子，爬在背上或蹲在大狮子胸前。

这座在湘鄂赣周边各县独一无二的民宅，即使用现代眼光来看，其建筑设计也是比较科学而匠心独具的。大屋中设置了大小不等，形状不同的几十个天井，把所有建筑浑然地连成一个整体，既能采光，又有集水排水的功能，还具有美化室内环境的作用。每只天井，都用石块砌成，还筑有各种形状的花坛，花坛中培植着各色名贵花草、盆景，有的天井中还搭建着各种艺术造型的花盆架子，花盆中培植藤条植物，一年四季花草茂盛。较大的天井里还安放着像故宫中才有的大水缸，养殖各种观赏鱼虾，又可作消防蓄水池。全屋还设有各种排水暗沟。俗称“溶灌”。每个天井都有直通暗沟的“溶灌眼”，最后将积水集中排放到两条大溶灌，流入门前的月光塘，塘边设有溢洪石门向外排水。天井溶灌筒中养有乌龟，疏通下水道。在大屋的各个重要连接处，都用“烟砖”砌成高高的防火墙，建成品字形的垛子屋，既作为大屋的骨架起连接和支撑作用，又能隔断火源并可瞭望远方。优质的建筑材料，百里挑一的砖瓦、石材，精致的碉刻，门窗上惟妙惟肖的各色图案，历经 300 年风雨，迄今仍未褪色的油彩。现仅存在大门头上的石刻图案，其鲜红与碧绿的油彩图画仍清晰可见。这栋偌大的民居，特别引人注目的是屋中学堂。学堂在屋中自成院落，一般由花厅、厢房、庭院、走廊等组成。屋中设有数处学堂如东北角的“景福堂”，东南角的“绵绵堂”。“星光灿烂、若出其里”，为近现代培养了大批英才。

古宅的兴衰见证了 300 年的沧桑。始建时，就被官家拆掉“两进”。据说当时所建为“九进上”，犯了超越皇宫之大忌，朝廷派员前来核查。闻讯，不得不连夜将后两进拆掉改成附屋和竹园，这才息事宁人。

1948年广州连新路81号门前

到了20世纪初叶，周家有许多进步青年，比如受周恩来领导的地下党人周光亚等。平江“老三房”大屋成为国、共两党争夺的阵地。据说国民军为了打击革命派，毁掉可能被利用为据点的大屋，因而放火烧毁了老三房大部分房屋。大火烧了七天七夜，使这一不可多得的古香古色的建筑精品变成了“瓦渣坪”，仅残存少量房屋和屋前大照壁和一对石狮子。不过也有一说，说是这片巨大的建筑群是被起义的农民军烧毁的。新中国成立后由吴自立将军、作家未央等编剧、八一电影制片厂拍摄的电影《怒潮》，实地拍摄的这座古宅留下的一对石狮子。

平江周氏家族特别注重兴教办学。自清道光年间就以家族名义开办私塾，至光绪十六年春周岐峰捐出田租631.2石在托田菜子垅船形兴办义庄义学；民国二年（1913年）周光启经手创办敦睦堂事务所，新建校舍32间。按照孔子“志于道、据于德、依于仁、游于艺”的办学理念，实行“民主理财、集体决策”的管理制度。敦睦学校与时俱进，首开女界职业学校之先河。周家还捐款1000块大洋，资助凌容众、李瞧松夫妇创办启明女校。在兴学重教、奖掖人才的浓厚氛围下，周氏儿孙发奋攻读，茁壮成长，走出一代又一代震古铄今的英才。据不完全统计，平江周氏自宋至清朝获得监生以上功名的有128名，有多人被任命为布政使、按察使、武功将军、副将、奉政大夫、朝议大夫、巡检使、知府、知县。据平江托田周氏所修族谱记载，仅清朝皇帝表彰周氏贤德人士的圣旨就达38道。曾任正二品湖北补用道的周文斋是一位靖国筹粮保供给的爱国英雄，他竭尽全力为收复新疆统一祖国和加强家乡经济基础建设，修筑爽口到平江县城全长60华里的高等级石板大道。我国现代植物学研究大师，现代博物馆事业开创者、著名职业教育家周勺泉教授（1877—1944年）是平江三市镇爽口村人，得周氏家族资助，在湖南优级师范毕业后，留学日本，回国后在北京大学生物系任教，著有《河北树木志》、《湖南植物图考》等多部学术著作。先后任湖南博物馆馆长、中国植物研究所研究员。抗战期间逃回家乡，义务出任族学敦睦完全小学校长。1943年他变卖了自己的所有家产，创办平江第一所农业专科学校，设有农林茶果苗木花卉专业，开拓了平江职业教育之先河。他“读万卷书，识万物名，行万里路，为万人师，植万

<<<
1949年初夏

株树，背万年时”，自号“六万先生”。出生于平江县思村乡蒋山村的周碧泉，曾两次受到斯大林的亲切接见和赞扬，并亲手赠给他一个烟斗，还请他捎话和捎烟斗给毛泽东。上面还刻着斯大林的签名。

从平江周氏还走出了不少国家级艺术大师和科学技术人才。如当代美术大师、开国大典毛泽东主席画像的绘制者和国徽、团徽、人民币等主要设计者周令钊教授，他不但自己投身抗日战争，还带领众兄妹——周令谟（长期担任“湖南日报”美术总编）、周令言、周令宣、周令章（我母亲，武汉音乐学院老师）、周令芳（中央芭蕾舞团芭蕾舞演员）、周令芬（中央歌剧院歌剧演员）、周令谦、周令豪（广东江门的画家）、周令辉（中央乐团和广州乐团小提琴演奏员）、周令尤等 10 多位兄妹一齐参加抗日救国工作，受到周恩来、郭沫若、田汉的赞赏。郭沫若曾大加赞赏：‘在每一支抗战演出队伍中，几乎都有你们周家的兄弟姐妹!’”担任联合国工业与发展组织工业研究司司长的周烈承，国家一级演员周令芳；资深建筑专家周述之，为国家冶金工业作出重要贡献的周翰夫；著名雕塑家周绪成，被评为“湖南省中青年美术家十杰”的周玲子，卓越的飞机制造专家周砥中，将科研成果转化为经济实力的冶金专家周开菊，等等。周氏在平江定居已有 800 多年，人才辈出，以教授来说，仅《平江县志》收录的教授就有周令钊、周砥中、周建中、周式辟、周勺泉、周令基、周令本、周令漠 8 人。不止出教授，托莲村也出功勋卓著的科技精英。建筑设计资深专家周述之，航空发动机制造热处理技术副工程师、长沙有色冶金设计研究院总工程师周翰夫，国防工业冶金材料专家周令邦，有色冶金研究专家、原江西省有色冶金研究所所长周开菊，铁路系统起重、装卸、搬运设备专家周时中，新中国第一架飞机以及舰艇发动机、PL–Z 地对空导弹等系列军工产品研制参与者周令虹，以及周娟宜、周藏生、周创生、周大智、周治中、周可久、周派湘、周干绪、周救仁等 20 多人，仅周光润一家就有孙辈令本、砥中、明中、娟宜、治中、建中、时中、令虹 8 人参加了新中国的导弹、军工材料、战斗机、坦克及装甲车、军舰、潜艇等系列国防武器的设计制造。”周仁杰说到这里更是激动不已。

<<<

湖北省轻工业局工艺美术处的成员在井冈山茨坪写生（庄寿红老师）

<<<
1988年在华盛顿中国驻美大使馆与韩述大使韩述、国会少数党领袖Mausfield合影

连新路的邻居

1945年抗战胜利，次年我出世，广州是1950年解放的，这段时间我们家都住在广州市中心的连新路81号。父亲在广东省立艺术专科学校音乐系教作曲，艺专在我们家后面不远的光孝寺里面，除了音乐系之外，当时还有文学系、美术系。好多教员都在周边租公寓住，我们家是自己的房子，连新路上就住了好多个教员，因为是同事，经常到我家来往，这些邻居中间，艺术家居多。

我们住的81号几乎正对府前路，是在丁字路口上，好像是一个分界线，往南，也就是朝公园前那个方向，从隔壁的79号开始，大部分是棚户，比较简陋，接近公园前转弯的地方，才是商住混合的骑楼，而朝北，也就是向中山纪念堂、观音山（越秀山原来叫做观音山）走，则基本是洋房，估计好多都是抗战胜利以后做的，风格基本是现代的，平顶、钢窗、阳台、铁门。也有一两栋是Art Deco风格的，在广州很少见，可惜这些年也都拆得所剩无几了。住户知识分子多，好像医生、老师、公务员这类人为主。我们家正对面是市政府的围墙，转角那里一棵巨大的木棉树，春天满树巨大的红花，绚丽得不得了。在那树下，有个竹片、藤席搭建的茅寮，是个水果摊档，挂块招牌，叫做“球记”，我想大概是业主名字里面有个“球”字，不过大家也就叫他“球记”，至于他真名和姓，恐怕无人所知。他的顾客就是连新路这边的居民，特别是北面一点这些中产阶级知识分子，他的水果很新鲜，香蕉、大蕉、龙眼、荔枝、杨桃、西瓜、番石榴、番荔枝，我的保姆云姐过街买回来，放在果盘了，大家随便吃。有时候她忙了，隔街叫一声，“球记”就会把水果拿过来。几年交道，大家很熟了，1950 年之后，政府让他迁走了，我们买水果就要走到连新路两头的街口，一边是雨帽街、一边是基巷去买了。我也就没有看鲜果满框的乐趣了。

隔壁一家是做肠粉的，上面已经说过了，再过一家，是个老太太，据说子女都在南洋做生意，留个老人在家，养了一条金色毛的大狗，叫做“多利”，我小时候是有点怕这狗的，实在太大，其实性格很温和。它傍晚会自己跑进中央公园遛遛，天色放黑的时候，静谧的连新路上就只听见那老太太有点凄凉的叫喊“多——利！多——利！”那声音我现在还记得很清楚。喊声刚起，但见那大狗就飞速回家了，真乖啊！

连新路上有小生意的，下午有人喊叫“飞机榄”，就是我们说的甘草橄榄，广东橄榄的腌制方法很多，好吃。所谓“飞机榄”，是小生意人发明的促销方法，我一听见这叫喊声，就会找云姐，不出门，反而上天台（三层楼高），云姐在上面叫住，扔钱下去，那个瘦精精的汉子就会从胸前挂的玻璃盒子中拿出你要的那种，用纸包成一个小粽子的形状，随手一扔，居然能够扔到天台上来，准的时候云姐可以一手抓住，可是

<<<

1984年外国展览在广州美院陈列室办展，王受之负责主持

神奇，我因此也吃橄榄吃得多了。

夜深人静的时候，后面的基巷和前面的连新路，都有叫卖小吃的，悠扬的“红——豆——沙！芝——麻——糊！”对我来讲有点空灵的恐怖，那么晚，这些人居然不睡觉啊！不过等云姐或者阿潘出去买一罐回来，大家吃起来，那“糖水”（广东人对这类液状的小吃统称“糖水”）的滋味就真是太好了。

连新路只有一边有住宅，对面是中央公园和市政府，因此只有单号的，我们是81号，离开我家二十间房子，是113号，是个大洋房，好几家艺术家在那里住，其中有杨秋人先生一家，杨太阳先生一家，我舅舅周令钊先生和比他年轻的小舅舅周令豪。杨秋人的女儿是杨白子，比我大，漂漂亮亮的一个女孩子，画油画、学芭蕾，在我眼中是个小仙女。

我写到这里的时候，是在2008年6月15日，我人在洛杉矶家里，不太确定连新路113号解放前夕是有几家人在住，因此打了两个电话去查对，一个打给了现在住在广州美术学院里的杨白子，她说是 113 号，是他们家，杨太阳一家，还有我舅舅周令钊、周令豪几个一家。白子是我姐姐，1939 年出生的，如果说 1950 年（广州解放那一年），她也就 11 岁；我因此再打电话到北京，给舅舅周令钊，九十岁的人了，思路清楚，记忆力好，他准确地告诉我：杨太阳家人口多，住一楼，他们住二楼的朝连新路的前面一个单元，杨秋人一家住后面一个单元，三楼是外人住的，并且告诉我：他们之所以住在那里，是我母亲帮忙找到的。他说那个建筑非常好，就按照现在的标准看，也是栋好洋房。周令钊是在 1947 年去了香港一家电影公司做设计，之后经长沙、武汉，去了上海的育才学校，再受徐悲鸿的聘请，去了北平艺专教书的。他离开之后，周令豪舅舅就住到三楼去了。这样这群艺术家的居住情况就很清楚了。真是对现代的通信手段太有感触了。

周令钊先生是国内最杰出的艺术家和设计家，他参加设计了国徽，设计了共青团的团徽，设计了第二、三、四套人民币，画了开国大典时候悬挂在天安门城楼上的毛主席像，我之所以入了设计这个行业，做了艺术研究的工作，跟他关系密切，这点我放在后面讲。

连新路 113 号住了这么一批艺术家，是很有趣的情况。艺术家在抗战期间一直过着群居生活，因为内迁，在桂林、在重庆、在昆明都有好多人待在一起，

在西湖与王凤仪老师（左四）、王建伟（右一）合影

抗战结束之后，各地的艺术学校纷纷迁回原地，因此艺术家也就都回来了，当时还没有宿舍一说，因此大家就学校之近，住在一起是很常见的。但是在连新路这么短的一条幽静的小马路上聚居了这么多可以说是国内当时最杰出的艺术家，我看全国也少见。

如果学中国现代美术史，你就知道，当时差不多隔天就到我家里来喝咖啡、聊天的那些中年人中间，“决澜社”的成员就有两个，就是后来广州美术学院的副院长杨秋人先生和广西美术界的领袖人物阳先生了。

新中国成立前，香港和广州的艺术圈都很活跃，因此往来的人很多。父亲是做音乐的，又喜欢无线电，家里有一台他抗战后买的很大的电子管音响，上面连了唱机，他搜集了好多76 转的古典音乐唱片，就是我们现在说的“黑胶唱片”，好多艺术家就到我家来听音乐，谈现代艺术，喝咖啡。我父亲的煮咖啡技巧是一流的，好多年之后我遇到好多老人家，对我父亲的咖啡还是记忆犹新，可惜我喜欢喝茶，就没有把父亲这个手艺继承下来了。我父亲到他们那边画室看画，他们在我们家听音乐（唱片），这个小圈子里面其实是中国现代艺术的一批前卫者啊。其中杨秋人、杨太阳都是决澜社的成员，虽然决澜社在新中国成立后的轰轰烈烈的社会主义现实主义艺术中显得很颓废，因此完全被遗忘，但是从艺术发展的轨迹来看，他们可是走在很前沿的人。我小小年纪跟着父亲去看他们的画，受野兽派、立体主义影响的都有，对后来长大之后的艺术观的形成有影响。

因为要对当时的请客，我和杨白子在电话里聊了半天，杨白子说她当时跟父亲、母亲来我家的时候，如果我在房里睡觉了，大家讲话就小声，怕吵醒我了，因此我父亲多到他们那边聊天，因为住了好几家人，地方更加宽敞，可以随便说话。我才知道我自己居然是一个影响人家来做客的因素呢！

我是1982年从武汉大学研究院毕业的，因为是学美国问题的，本来要分配到北京的美国问题研究单位，我想到广州从事设计研究工作，也是原来我父亲的老同事、美院的教授王益伦先生说我一定要去见见杨秋人先生，他当时是广州美术学院的副院长，我去广州见他，他身体很虚弱了，握手的时候感觉到手很冷，他很亲切的说希望我去美院，美院总是欢迎我的，让我和高永坚先生具体谈谈，这样我就去了美院，也就成了做设计理论的人了。不到一年杨秋人先生就去世了，追悼会上我哭了，因为这个老先生是看着我长大的人啊！

记得小时候见到的杨秋人先生是个很精彩的中年人，个子比较高，穿很合身的西装，讲话细声细气，非常和蔼。他和我们家的往来比较多，也是 1953 年从广州和我父亲一起调到武汉，组建中南美术专科学校，后来在 1959 年把学校迁回广州，就是今天的广州美术学院。我之所以进入广州美术学院做设计研究，也是他劝说的。因此他对于我的影响不能够仅仅说很大，其实是关键性的。他的夫人钟羽对人非常和蔼可亲，一直好像一个老奶奶一样，而杨白子是我的大姐姐，小时候完全是偶像。

杨秋人先生比我父亲大八岁，生于 1907 年。是广西桂林人，1931 年毕业于上海美专研究科。参加“决澜社”及美展。历任桂林美专、广州市立艺专、广东省立艺专教授。华南人民文学艺术学院、广州美术学院副院长、教授。

杨太阳先生也是广西人，家里孩子多，国字脸，很精神的一个人，也是我父亲的朋友。他的女儿杨云和夫婿李默后来都在广州画院做画家，和我很熟，他们在 1990 年代移居加拿大温哥华，我经常去那里，因此和他们交道就多了，杨云前两年因为癌症早逝，大家都很是悲痛，对杨太阳先生来说，就是白发人送黑发人了。这些是后话了。国内看都写做杨太阳，其实原名的确是杨太阳，他比杨秋人小一岁，1908 年 12 月 6 日生的，也是桂林人。其父为中药铺老板兼中医，喜好字画；1917 年入桂林模范小学读书，喜欢画画。1924 年考入省立第二师范学校，接受西化教育，很早就参加左翼运动了。1929 年春受聘于“国防艺术社”担任美术指导兼美术部主任。在这段时间，他与徐悲鸿、艾青、田汉、欧阳予倩等相熟结为好友，尤与艾青结为知己，后来还与艾青结伴同赴湖南新宁衡山乡村师范任教。1945 年 5 月赴香港参加迎接广州解放活动。在光孝寺的省立艺专教书，也参与筹建华南文艺学院，解放后文艺学院建立，他曾经担任过教导主任和美术系主任。1951 年夏天，杨太阳应广西省人民政府之聘任广西艺专校长、教授。这段时间就离开广州了，1953 年，广西艺专并入中南美专，他又从广西到武汉任中南美专副校长、教导主任、绘画系主任。我父亲也随华南文艺学院并入中南音专，这样又成了邻居。

他们这两位在中国艺术史上的分量，其实和“决澜社”有很密切的关系。“决澜社”对中国艺术发展的影响很小，有些人说简直好像一粒石子扔到大海里，连波澜都不兴，我感觉它的作用，倒是表示了在那么沉寂、那么传统的时代里，这几个人居然能够脱颖而出，发表“决澜宣言”，振聋发聩，宣示了中国艺术家的现代感。

现代主义绘画在中国出现的时间不算太晚，20世纪20年代，就已经有中国艺术家为出世不久的西方现代主义艺术大造舆论。到30年代初，便有留学归来的青年艺术家从事这方面的试验。但它后来却“夭折”了，或者说是延迟了发育。这确实是中国现代美术史上值得思考的一个大问题。

1931年，倾向现代主义的画家倪贻德、庞薰琴、陈澄波、周多、曾志良在上海组成“决澜社”。1932年又有梁白波、王济远、段平右、杨太阳、杨秋人、周麇、邓云梯、李仲生、丘堤等人参加“决澜社”活动。李仲生和丘堤当时都在王济远主持的上海美专研究所学画，丘堤在参与“决澜社”活动中与庞薰琴相识、恋爱而后结婚。

“决澜社”是中国第一个按照法国模式建立起来的现代艺术社团。虽然在此之前早已有人（如刘海粟、林风眠等）介绍、鼓吹西方现代绘画，但“决澜社”却是首先按照欧洲现代艺术模式从事艺术活动的艺术家群体；它不是最早的西画家为主的社团，但它与此前那些联谊性、教学性、商业性的绘画社团有很大区别。由倪贻德执笔的《决澜社宣言》旗帜鲜明地提出中国现代主义艺术进军的誓词：

“……我们厌恶一切旧的形式，旧的色彩，厌恶一切平凡的低级的技巧。我们要用新的技法来表现新时代的精神”。“20 世纪以来，欧洲的艺坛突现新兴的气象，野兽群的叫喊、立体派的变形、Dadaism 的猛烈、超现实主义的憧憬……20 世纪的中国艺坛，也应当出现一种新兴的气象了”。

与“决澜社”遥遥呼应的，是一群中国留日学生在东京组建，而后到广州和上海活动的“中华独立美术研究所”。这也是一个现代画家社团，发起人是李东平、赵兽、梁锡鸿（这个画家后来也到了武汉的中南美专，成了邻居）、曾鸣等人。他们向往的是超现实主义和野兽主义的艺术观念和绘画风格，这在当时的日本和中国都算是最为激进的艺术选择。按他们自己的说法，中华独立美术协会的活动给予中国洋画坛“一个莫大的冲动和影响，在死沉空气下的广州画坛得有新的活跃”。

我看过中国的艺术史专家水中天先生写有关决澜社和其中一位后来去了台湾的成员李仲生的论文，对决澜社才有了更新的了解和认识。

水中天说：“现代艺术之花在中国近现代文化史上的蓦然绽放，没能持续多久，它毕竟缺少深厚的文化土壤。决澜社和中华独立美术协会等社团的活动，只是在极为狭小的天地间展开，前卫艺术家没有找到声气相投的接受者。我在一篇文章中曾说：“20 年代以后，许多青年出洋学画，接受了当时流行欧美各国的的绘画风格。到他们学成返国时，却发现面临一种难堪的局面，即找不到自己艺术的接受者。如同在一个无人的大厅里演奏的乐队一样，他们迟早会挟起自己的乐器走开。”而促使其凋零的外界原因则是日本的侵华战争。实际上，中国的现代艺术史在战乱阴影下艰难起步的。当日本侵略军进逼到东南沿海城市时，不论是激进还是保守，一切纯粹的艺术实验完全趋于停顿。不同艺术主张的艺术家全都投入抗日救亡的洪流之中，其中包括现代绘画大潮的弄潮儿。然后，这一切又被革命激浪所席卷。这个时代没有给艺术家留出足够的生存空间，他们只能各觅去路。

我在连新路的时候还是个孩子，这些事情是很久很久以后才知道的。但是，我记忆中的杨秋人、杨太阳的作品，已经没有多少前卫的感觉了，我在武昌的中南美专看见他们的作品，其实很有点彷徨的感觉，靠苏联的现实主义靠不上，而走现代的则又胆战心惊，因此他们两位后来都转成行政领导为主，创作就不多了，想想也很可惜。

<<<
父亲在1947年

父亲和音乐

我这一生，受影响最大的人之一就是父亲。父亲为人低调，加上自从1957年以来就一直处在挨整的地位，没有多少话语空间。因此，这么聪明、有才华的一个音乐家，几乎是默默一生。1999年6月20日父亲在武汉去世，到今年刚好是十周年。最近，他生前工作的武汉音乐学院的汪申申老师设法找我，想我提供一些父亲作曲的资料给他们，开纪念音乐会用。父亲在世的时候手稿本来不多，加上"文化大革命"抄家，基本全部被毁，现在剩下的一点点文字，都不是完整的文章。他几部作品的总谱手稿，也不齐全，不多的手迹都在广州，我人在洛杉矶，因此一时无法找到给他。所以我给汪老师他们写了篇文章，回忆一下父亲和音乐，就是这篇。看看父亲去世十周年的日子到了，他们说准备在学院的院刊上刊载，我也借此机会来纪念父亲。

我父亲王义平生于1919年，在广州出生，祖籍是广东惠州霞角。他是一个极为睿智，但是很低产的作曲家。从解放前他少数几次为电影配曲，到《貔貅舞曲》，再到"文化大革命"结束之后他的两首作品《长江三峡素描》、《儿童玩具》套曲，真正被正式演奏过的作品，尚不及十部。我记得他晚年的时候，我们都催他动手多写，他很顽固的拒绝了，始终没有给大家多留下一部作品。对于这一点，坊间有很多猜测，说父亲是因为政治运动冲击得太严重，伤了心，因此罢笔不写音乐了。从我自己和父亲生活中的接触来看，可能还是因为他的写作习惯，并不是那种敏思如泉类型，而是有感而发类型的人使然吧。

父亲没有正式地读过音乐学院，没有受过系统的院校式专业训练。他的音乐经验来自几个方面：其一，少年时代的学校军乐队的训练。抗战以前，他在广州的广雅中学读书。王家住在目前东风西路那个位置，就是现在总工会那栋大楼的位置，当时是城边的大宅。东风路是新中国成立后新开的，原来是一条小河，流经广雅中学，他们几兄弟每天划船上学。广雅有军乐队，英语叫做 band，他在里面吹单簧管（黑管，clarinet）。在学校接受了几年的训练，还时常跟着乐队，在广州参加各个学校的 band 比赛。他们一介平民中学要把培正、培道、培英这样一些具有贵族学校气质的 band 比下去，是下了很多工夫的。军乐队的经历，使得他对单簧管和类似的乐器有很熟练的掌握，在写交响乐的时候，对整个乐队也有很立体的理解。

说起单簧管，还有些故事呢！1953 年中南音专成立的时候，教员很少，小号是夏之秋先生在教，双簧管（Obey）是郝立仁先生教，他在作曲系教配器法（交响乐法）。因为缺老师，也就临时出来教单簧管，最早的学生就是姜宝成老师了。后来姜宝成一直很尊敬地叫他王老师，的的确确是给他教过的。因为在军乐队的经验，他对管乐器很熟悉，很多乐器都能够吹

<<<

1951年，父亲、母亲、弟弟王习之，和我。

奏，1967 年“文化大革命”期间，父亲给关押在湖北艺术学院的变相集中营——“牛棚”里面，当时在汉口的武汉剧院演出“样板戏”。有一阵，军区那位吹大号的人出差了，乐队缺了一个大号（tuba）演员，不知道是谁的决定，让爸爸去顶。结果每天晚上把父亲从“牛棚”拉出来，套上黄绿色的军装，戴个红袖章，和其他人一起坐大卡车从武昌过长江大桥去演出。因为他是个“牛鬼蛇神”，一路上没有人敢和他讲话。到了剧院之后，也就坐在大号的那个位置，他说一晚上就吹几声，其他时间就坐在台上。因为大号太重了，演出结束之后也就放在剧院里，他脖子上吊个大号的号嘴回家。那几个星期，晚上 11 点钟，他准时回家，脖子上吊个大号的号嘴，回家就要脱军装，喝口水，回“牛棚”睡觉，很侮辱人的。但我看他好像并无所谓，轻松带过自己的遭遇，还说车经过汉口大智路车站那一刹，看见了我在那里画的那张大幅毛主席像，自己儿子画的画，都只能远远从卡车上看一眼，还不能说，真是让人流泪的揶揄。

广州在抗战中沦陷得很早，据说 1937 年 11 月，日军就已确定了进攻广州的计划，而当时国民政府却认为日本不会在广东从事大规模军事行动，竟抽调粤军一半精锐北上，致使广东防务空虚。1938 年 10 月 12 日，日军登陆珠江口东侧的大亚湾。15 日，攻陷惠州。19 日，突破增城防线。广州遭轰炸，我家原来的房子也中了一颗 500 磅的炸弹，完全成了一个巨大的水坑。21 日，日军机械化部队三千余人冲入广州市区，广州沦陷。这样，我父亲很早就离开广州了，他最早曾经在桂林待了一段时间，在那里开始了他的正式的音乐生涯。

从 1938 年武汉、广州沦陷起，到 1944 年 9 月湘桂大撤退止，桂林成了中国抗战文化的中心，前后达六年之久。这期间，桂林的文化事业空前繁荣，文人荟萃、人才济济。当时集结在桂林的文化人有 1000 多名。这批文化人在桂林组成的进步文化团体多达三四十个。这些团体开展的各种抗战文化活动，规模较大，影响很广。其中一批音乐家组成了一个交响乐团，好像叫做“中华交响乐团”（名称未必准确），参加过多次演出，他依然是演奏单簧管。现在的年轻人大概都不知道：桂林在抗战期间，曾经成了中国文化艺术的首都。自 1937 年 9 月 4 日陆华柏、张源吉、沈承明、

1946年父亲在广东省立音专教书的时候和毕业生留影，
后排右起第二人为父亲，第四人是马思聪先生。

杨振锋、祁文桂五位音乐家组成的雅乐五人团在广西省政府礼堂举办的第一场专业音乐会算起，直到1944年9月8日（桂林紧急疏散当日）中华全国文艺界抗敌协会桂林分会为响应援助贫病作家（王鲁彦等）募捐，在社会服务处举办的“姚牧歌乐会”止，桂林共举办过近120台、280场次的专业音乐会。父亲参加了其中好多场的演出，在这里他也认识了音乐界的好多朋友，比如马思聪、郑志声等人。他的音乐思想最早恐怕就是受到马思聪的影响了。他后来到重庆的北碚的音乐学院教书，朋友圈子大了，但是参加演出的习惯没有变化，就是这个时候养成的习惯。

父亲音乐训练的第二个方面，就是郑志声先生的教导。他毕生都和我谈受到郑先生的作曲方面的影响，但是，郑志声的资料，流传下来的少得简直可怜。

中国交响乐史本来就缺乏脉络，而郑志声本人，又更加是一个接近抗战才从法国“空降”回来的作曲家。本来在法国是和广州的中山大学签约，1937 年回来后，抗战爆发，中山大学内迁，因此郑志声不得不去了昆明的中山大学，在那里教音乐，之后辗转去桂林，中山大学的抗战迁校也实在复杂，前后 7 年，颠沛流离，几度迁徙，三易校址。先迁云南，复迁粤北，三迁粤东仁化、连县。我父亲那时候原本正准备考中大的医学院，去昆明见了他，就被他和他的音乐迷住了，放弃其他，只身一人跟郑先生学作曲。郑先生也倾力而教。抗战爆发，他们就一路流浪，桂林而重庆，一路学作曲，这样的学习情况我现在连想象都有些困难，但是父亲居然就学到了。从 1938 年 11 月到 1942 年 12 月郑志声去世，他差不多跟郑先生四年时间，可以说是郑志声在世界上唯一的弟子了。

郑志声 1903 年生于广东省中山县，在 1942 年 12 月逝世于重庆，去世的时候还不到 40 岁，留下一子一女，在重庆难以抚养，后来经我父亲、郑师母设法，周折送回南京，给年迈的祖母带，那对小姐弟后来吃了无尽的苦，是后话了。郑夫人后来出了国，另嫁他人，听说后来还曾回国来寻那对姐弟，因为不曾联系，也不知道寻到没有。郑志声的女儿叫郑乃铿，1967 年曾经从南京来寻我父亲，在我家里住了几天，父亲见她，大哭一场，悼念先师。他和母亲还设法偷偷陪她去武昌东湖走了一次，之后就没有再听到郑的音信了。我手头居然有当时他们的合影一张，湖光山色，貌似世外桃源，弥足珍贵。

郑志声曾经在广州沙面的法国天主教的圣心中学读书。时间是1922年，校长是法国天主教神父，懂音乐，为作弥撒的需要，组织了学生管乐队。1927年毕业，改名志声，赴法国学习音乐。先入里昂音乐戏剧学院，毕业后入巴黎音乐戏剧学院深造，师从B. H. 比塞学作曲，又跟P. 戈贝尔学指挥。他在1935年毕业，以优异成绩获作曲与乐队指挥奖，并指挥了学院管弦乐队的公演。同时，他还获得巴黎塞撒·弗朗斯音乐学校的毕业文凭。后在巴黎高等音乐戏剧专门学校任教，为电影配乐，并被吸收为法国全国文学家与作曲家学会会员。他和冼星海等人组织了中国留法音乐学会，立志发展民族音乐。1937年7月回国，先在云南中山大学任教，后于1940年9月到重庆国立实验剧院任教。据说郑先生是在1941年下半年，兼任中华交响乐团指挥，父亲一直追随他，直到1942年12月郑去世的时候，我父亲是在病榻边的唯一学生。郑在弥留之际送我父亲一把自己平日作曲时削铅笔用的银质小刀，一支作曲用的墨水笔。这两样纪念品都是在“文化大革命”的时候给“红卫兵”没收弄丢的，他们恐怕不知道这两件物品对父亲的意义了。

郑志声对父亲的影响最大了，但是郑在法国写的作品，回国时大多留在香港，下落不明，仅知其中有以广东音乐《昭君怨》改编的带钢琴伴奏的提琴曲。

父亲那时候没有机会听过这些作品，但他看过郑先生带到重庆的几份总谱。父亲记得的有：以岳飞词谱写的、用管弦乐队伴奏的合唱曲《满江红》、歌剧《郑成功》里的部分乐队曲《早晨》、《朝拜》等。此外，还有弦乐三重奏 1 首、女高音独唱曲《泣女》1 首以及为《无锡小调》编配的钢琴伴奏。父亲的印象中，郑先生的作品民族风格鲜明、结构严谨、和声丰富，能以简练的手法取得生动和新颖的效果。郑志声曾指挥中华交响乐团演出过莫扎特、贝多芬、门德尔松、罗西尼等人的作品及他自己的作品《满江红》和《郑成功》片断，我父亲就在乐队里吹奏单簧管。

我记得中央乐团的团长李凌曾经讲过：郑志声不到 40 岁就去世了，仅留下一首“朝拜”，和一个学生王义平。那句话给我的印象很深，但是我父亲从不拿这句话来说事。郑志声给我的父亲的影响应该是两方面的，第一是作曲基本功方面的严格训练，据说郑先生在对位、和声、赋格、曲式等方面的要求严格得近乎苛刻，因此父亲的基本功十分扎实，和他有密切关系的；第二是通过郑先生早期传授给父亲的一些非古典主义的影响，特别是类似印象派这样的影响。郑先生很崇拜的音乐家中有拉威尔、德彪西、德法雅、加布利尔–佛列这样一些人，他常用带回来的总谱给父亲讲解，因此父亲可能是国内最早从总谱上研究和欣赏过这些人的音乐家。这方面的影响很深远，父亲一直没有追随于俄罗斯系统，这恐怕是一个重要原因吧。

我曾经试图用父亲作为模特，写一篇小说的，但是因为工作太繁忙，而没有能够完成，这里有一段是父亲出场文字，是写他在太平洋战争爆发前夜从香港乘船到法国马赛，却在南中国海上遇到日本轰炸机，游轮不得不折回越南的海防的事情，这是真实的情况。可惜还没有时间写出来：

我父亲在音乐受到的影响，还来自郑志声的法国老师，这一点，外人多不知道，因此基本上也不会有文献记载的。父亲曾告诉我，这位法国老师叫做皮艾尔·加农，我没有见过法文原文，寻思着可能是 Pierre Garnon 或者接近的拼法。他说大约是 1940 年前后，郑先生对他说：我能教的都教给你了，你以后通过函授跟我的老师学吧。经过郑先生从中牵线，父亲和那位法国老师联系上了，便将自己的作业寄到法国去，老师批改后寄了回来，文字不多，就是在总谱上修改，大笔一挥，心领神会。父亲不懂法文，还得郑志声帮他翻译和解释手写的注释。这样的“通讯教学”一直持续到 1941 年 12 月太平洋战争爆发，才中断了。父亲说过，在 1941 年的年中，那位老师觉得父亲作曲天赋高，在中国待着很可惜，因此曾经建议父亲去欧洲跟他继续学习音乐，因为法国面临大战，他让父亲去瑞士找他，说食宿不用担心。父亲和在广东肇庆的祖父商量以后，那年的秋天动身，原打算从香港坐邮轮去马赛，再转瑞士，但是，太平洋战争爆发了，船不能前行，停靠在越南海防，父亲只好和一群去欧洲不成的朋友坐滇越火车回到昆明，后来又去了重庆，可惜，郑志声在1942年12月去世。看到国内有些史料上说他死于“黑死病”，其实是误传，郑志声先生因严重的疟疾病需要输血，因为小护士输错了血型而去世。据说这头血输进去，那头话都讲不出来了，一下子就过世了。听父亲的回忆说，那位法国老师皮艾尔·加农在作曲上似乎接近印象派，在曲式、和声、配器方面给了父亲很大的启示，但总因地隔遥远，沟通不便，整个教育是不完整的。

重庆当时集中了全国音乐界几乎所有最重要的人物：吴伯超、马思聪、戴粹伦、江定仙、黎国荃、朱崇志等。父亲不是个爱热闹好交往的人，他认识这些人，受到这个圈子的影响——特别是在文化方面、音乐方面的影响；但是作为私人关系来说，他和这些人大部分都没有深交，我估计他关系比较密切的恐怕就是马思聪一个人。1957年反右的时候，有大字报说叶惠康（香港音乐教育家，是香港小交响乐团指挥和总监叶咏诗的父亲）从中央音乐学院毕业，到武汉来音专工作，是江定仙和我父亲内线关系定的“反党集团”策划的，事实上却不知道我父亲和江先生根本没有什么来往。他认识的人多，但是往来很少，一个是性格而定，可能也是被政治运动整怕了的原因吧。

1945 年抗战结束以后，父亲回广州加入了在光孝寺的广东省立艺术专科学校（省立艺专），音乐部的老师有马思聪和他。到 1949 年成立华南文艺学院音乐部的时候，谢功成、余薇、黄容赞也都进入到学院来了。中国现代音乐史其实真是很可怜，没有什么正规的历史可以遵循，留学回来的在国内颠沛流离，甚至好像郑志声那样的早年夭折，真正的“正规军”极少。“正规军”中的好多人都不得发挥，比如吴伯超，这个人早在 1922 年就进了北京大学音乐传习所，师从刘天华，1927 年毕业，先后任教于北京师范学校、上海国立音乐院。1931 年去比利时的布鲁塞尔夏罗瓦音乐学院及皇家音乐学院学习理论作曲与指挥。1936 年回国，在上海国立音乐专科学校任教。抗战期间，任励志社管弦乐团指挥，国立女子师范学院音乐系主任、国立音乐院院长等职。吴在 1949 年 1 月 27 日选择去台湾，继续为国立音乐院觅新址时，不幸在浙江舟山群岛触礁，随船沉没，年仅 45 岁，国内几乎从来不提这个人。而另外一个“正规军”马思聪算是学成回国了，但是在“文化大革命”被折磨得死去活来，不得已全家从广东偷渡出国、亡命天涯。

1949 年成立华南文艺学院，内分音乐部、美术部、戏剧部，听父亲说好像没有怎么上课，全部人都下去土改。我最近和谢功成特别聊到这段时间，他说：三年之间土改去了两年，学什么啊？可见父亲的话是真实的。

虽然是广东人，但是由于单位调动，他居然在武汉过了一辈子。他的工作单位是这样的：抗战结束后从重庆回到广州，进入广东省立艺术专科学校（简称“省艺专”）音乐部教书，马思聪是系主任；1950 年学校改名为“华南文艺学院”，依然在音乐部，1953 年，华南文艺学院在全国院校大调整中整个迁到武昌，和其他几个学校合并组建为“中南音乐专科学校”（简称“中南音专”）和“中南美术专科学校”（简称“中南美专”），1958 年，中南美专回迁广州，就是现在的广州美术学院，而中南音专留在武昌，改名为“湖北艺术学院”，到“文化大革命”结束之后，再改名为“武汉音乐学院”。父亲就一直在那个学院里，直到 1999 年去世。

1950—1953 年期间，国家干部都要下乡“土改”，父亲他们先去深圳的宝安，再去很艰苦的云浮，我见他的时间很少，3 年去了 2 年多，回家就几天，根本没有什么教学。只记得他回来的时候穿件脏兮兮的黄色的军用棉大衣，人也很消瘦。我手头有他们当时土改的照片，看见他还是很精神的。这个时期对他的音乐有什么帮助呢？他说民间音乐，特别是广东地区的打击乐给他很大的启发。

1956 年写出来的《貔貅舞曲》，在某种程度上就是当时他在宝安、云浮两地看到农民过年时载歌载舞、

<<<

1950年在广东宝安土改的照片，左起第一人是杨秋人（广州美院奠基人之一）、第三人是父亲，第四人是广州美术学院女画家徐坚白，第六人是音乐家黄容赞，右起第二人是画家关山月。

挥舞着叫做“貔貅”的彩色小狮子走家串户，从一乡到另一乡去拜年的印象。广东原来流行非常具有地方色彩的狮子锣鼓、“八音锣鼓”，后者是锣、鼓、钹等八种乐器的合奏，曲调高昂洪亮，演奏时周而复始，旋律欢快、热烈而流畅，原是民间每逢“红白喜事”时演奏的。广东的鼓声短促而节奏特别快，并且有急促的敲帮促进高潮，鼓槌短小精悍，和北方的锣鼓面积大、尾音长很不一样，父亲不止一次地说，这可是锣鼓表演的最高境界。好多年以后，我有时候在广东陪他走走，他听见锣鼓，都会停下来注意的听，完全入神地听，可见他很喜欢广东的民间打击乐。1953 年他跟随学院离开广州搬到武昌，进入了中南音乐专科学校，但我估计他土改的时候留下的锣鼓的这个印象一直没有消失。

父亲的音乐训练的第三个方面是他不断地听作品。我们家在广州的时候，用的是 78 转的“黑胶”唱片，因为要经常换面，而父亲听的往往是比较长的交响乐作品，因此不是很耐烦，也听得不多。1950 年前后，他有个原来在光孝寺省立艺专的学生，叫做黄友健，在广州现在的财厅前、双门底那里开了一间咖啡馆，里面有台很大的音响，是给朋友们听音乐的，父亲常去那里，和几个朋友聊天，听音乐，有时还会带我去。那时候听的主要是海顿、亨德尔、巴赫、贝多芬、莫扎特、门德尔松、李斯特这些人的作品。到武汉之后，学院开始在图书馆收藏唱片，苏联唱片突然多起来了，父亲听的作品内容开始转变。比如五人强力集团、柴可夫斯基的作品是最早听的，逐步也开始听其他东欧、中欧国家的民族乐派的作品，比如德沃夏克、斯美塔那。1954 年他在写《貔貅舞曲》的时候，我感觉他很注意听几个人的音乐，一个是里姆斯基—科萨科夫的《舍赫列扎达》、《西班牙狂想曲》，一个是鲍罗丁的《在中亚细亚的草原上》，后面这一首作品给他很多感觉，马帮远远而来，走近，慢慢远去，两个主题旋律交错发生。这个时期的他好像海绵一样，如饥似渴，注意能够听到的一切音响，非常敏感。他的《貔貅舞曲》，全曲建立在两个民族风格鲜明的主题基础上，运用乐队配器，变奏性地展开。特别用广东锣鼓，逐渐地推向高潮，狂欢的喧嚣，完全突破了当时受俄国音乐影响的浪漫型推进手法，用民族打击乐和节奏描绘了很斑斓的一幅广东乡村的节日图画。

这首作品为他赢得很大的荣誉，《貔貅舞曲》作于1954年，该曲于1955年由中央歌舞团的管弦乐队在波兰华沙首演，1956年又在第一届“全国音乐周”中演出。后被费城交响乐团、波士顿交响乐团、香港交响乐团、泛亚交响乐团等作为演出曲目之一。小泽征尔在演奏这首作品的时候，还特意从中国带了一个大锣回去波士顿乐团。我在1987年夏天去麻省的Tanglewood听波士顿交响乐团演奏会，期间遇到小泽，我跟他提起这首作品，他用手比划着大锣，说“好作品”。之后这首作品在日本由GVMMA乐团演奏，并录制成唱片发行。

1957年，父亲被打成右派，送到湖北的潜江劳改，当时去的还有叶惠康、马国华这些老师。从这时开始，他对音乐的学习可以说告一段落了。1962年前后从潜江回来，调到图书馆唱片室和许化龙老师一起编辑唱片目录，也偶然让他担任一点点课程，到1963年、1964年才逐步回复教学。这个时候他沉默寡言，但是仍大量地听唱片。

到1960年代，唱片已经从旧式的黑胶（电木）76转发展到新式的33 1/3转，唱片是塑料的，薄而轻，演奏的时间长多了，一首交响乐基本两面可以听完。父亲因为自己在唱片室工作，所以可以听很多很多的作品。通过唱片，他的音乐经验发生了巨大的变化。他写《貔貅舞曲》的时候还是对于鲍罗丁式的、哈恰图梁式的作品特别有兴趣，这个时候，他很集中地听几个不同范畴的作品，一个是以萧斯塔科维奇、普罗科菲耶夫、斯特拉文斯基这些人为中心的作品，并且听很多次；第二是集中听勋博格、辛登米什和十二平均率作品，第三是听大量的各国的现代作品，那时候他近乎是每天听十个钟头，完全是全神贯注的听，并且把总谱放在前面听。他喜欢斯特拉文斯基的《火鸟》、《春之祭》和《彼得罗什卡》，和喜欢在听音乐的时候手舞足蹈的我不同，他无论听什么音乐都很安静，很用心，然后给我讲出这个作品的脉络和精华来。父亲对现代音乐的进化很开放，他在80年代已经开始接触减少主义，也开始接触约翰·凯奇了。

1966年的“文化大革命”爆发，再次把他推进了火坑，他又被打击了十年，颠沛流离，历尽辛苦，后期回到湖北艺术学院，又去图书馆编目。这时候他的心里已经没有什么年轻时代的憧憬了，只是很习惯地继续听更多的音乐。

他在80年代写的《长江三峡素描》和《儿童玩具组曲》，在他自己来看，并没有《貔貅舞曲》那样的精神激动，反而是更加缓慢的吟诵，或者儿童式的嬉闹，这两首作品也得到很多的荣誉，但是这时候的父亲已经心淡了。他将自己主要的精力放在教学上，尤其对他的研究生关怀备至。更加关心新出现的年轻作曲家，更加关注人家写的作品，而自己不再动笔了。

父亲是在1999年的6月20日去世的。他一直说希望看到21世纪，可惜差了半年的时间。

<<<

1945 年母亲与邻居小孩的合影

第二辑 武汉时光

>>>

江汉钟声

从武昌的汉阳门码头开出的轮渡，不到半个钟头，就在汉口的武汉关码头靠岸了，武汉关（原来叫做江汉关）的钟声刚刚敲响，低沉又响亮，在混浊的江水上面传过来。这钟声，我从童年听到青年时代，早年是一曲“上帝佑我女皇”，和伦敦的议会大厦钟声是一样的，后来从1966年起给改成了“东方红”的曲调，以前的机械击打的经典钟声也变成扩音喇叭播送的颂歌了。这深沉凝重的钟声，贯穿了我的整个青少年时代，几十年光阴，就伴着钟声、顺着长江，缓缓东流去了。汉口沿江那些高大的新古典主义建筑，鳞次栉比。如果它们是排列在珠江、汉水这样尺度的水边，那气势是足以媲美上海外滩的，不过，立在长江浩淼宏大的水面旁边，楼层的气势也就明显地给宽阔的江面压住了。直到下船走进汉口旧租界的街道，才顿然知道这曾经是一个多么经典的城市呢！

我在武汉生活过20年，对武汉应该算的上有比较深刻的认识。说心里话，我觉得武汉是一个很古怪的城市，也是个很矛盾的城市。就连“武汉”这个名称，也仅仅是个行政称谓，具体到三镇，武昌是武昌，汉阳是汉阳，汉口还是汉口，活活是被两条江隔开的三座城，经济、社会文化、人文习俗，甚至语言都不尽相同。

1968年因为那场“无产阶级文化大革命”一发不可收拾，政府不得不把三千万学生送到农村、农场去

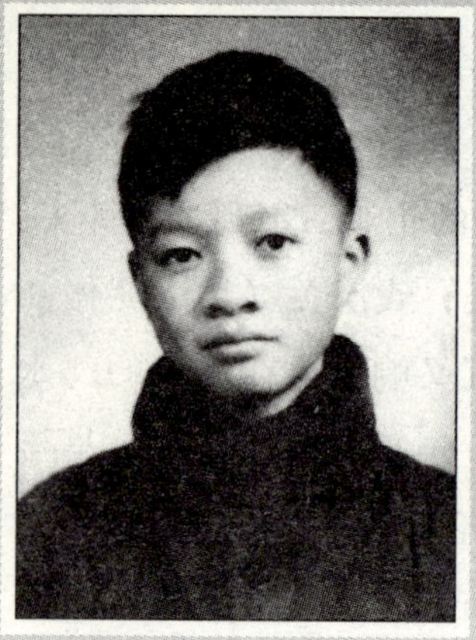

>>>
1957年入学照

"改造"，我也随着"上山下乡"的洪流从武昌被送到一百多公里外的一个很偏僻的农村去"插队"。那时交通很不方便，政府对农村人口流动的控制也超级严格，因此大部分农民从未见过大城市的学生，一下子来了几百人，自然很是新奇。我们下乡的那天，层层分配，直到天黑才算落实到生产队里，乘生产队的小木船（湖北话叫做"划子"）在浓浓的黑夜中进了村。村里的孩子、老人、妇女都围着我们看热闹，其中有几个曾经去过汉口的农民（算是村里少数有见识的人了）问我们：是汉口来的吗？我说是武昌的，他们说：也就是汉口了。那个时候，不怎么说"武汉"，多是称"汉口"，汉口是大地方，武昌则接近郊区的感觉，而汉阳，在他们心目中也就是和他们农村差不多的地方了。汉口地位凸显重要。三镇三镇，汉口是第一镇，这是无需置疑的。

为什么说武汉很矛盾呢？那是因为低俗的地方文

<<<
江汉路

化和强烈有力的都市建筑之间形成的反差。湖北湖南这一带的人统称楚人，是因为这里古代属于楚国，这个楚字，在汉口话里面读音和“丑”字完全一样，他们自己在开玩笑的时候，也会揶揄自己是“丑人”。汉口方言非常强势而市俗化，我读中学的时候，同学有时候玩个小小的恶作剧，用汉口话大声朗读拜伦、济慈这些浪漫诗歌，古怪的感觉当场笑倒一片人。这个方言基本没有办法讲得优雅，但是用来骂人则是异常铿锵有力、抑扬顿挫的。湖北人喜欢大声讲话，并且喜欢带脏话做助词，这种脏话助词当地人叫做“把子”，也很形象，好像菜刀一样，必须有把子才好用。对很多武汉人来说，不骂人、不带脏话把子是很难讲成一句话的。这里能言会道的人极多，油嘴滑舌者的比率和北京人相近，不同的是北京人讲话可以不带一个脏字而损人至死，武汉人虽也油滑谐趣，但是脏话连篇，几乎句句都带有“把子”。走在三镇的大街小巷，“老子”、“婊子”、“个板马”、“狗日的”之声如江涛一样，汹涌澎湃，此起彼伏，如果在公共汽车上，更加是爆豆一样急击连发，听得外地人目瞪口呆。我在全国走过许许多多城市，脏话水平能够和武汉相比的还真是没有遇到过。

1980年，我和在武汉大学教书的美国教授安德鲁·霍怀特在江汉路百货大楼买东西，领教了武汉人的绝骂。一对纯粹得不能够再纯粹的汉口夫妇在我们旁边看商品，30来岁，无产阶级形象，女的在给男的挑选毛衣，而男的则东张西望走开了，突然，女的高声大气吼叫起来：“苕货！（这是武汉很流行的给男孩子用的小名，就是傻瓜的意思），你个挨千刀，砍脑壳的，你跟老子死到哪里去了？还不跟老子‘遣’过来（就是滚过来的意思），把这件毛衣老子试一下！”声音之大，力透墙背，震耳欲聋，我听得目瞪口呆，但见那男的很乖地“遣”了过去，但嘴里还是不依不饶的说“叫么子叫？老子又不是聋的”。美国人问我：她嚷嚷什么？我只能尴尬地说了句，没法翻译。这种语言的威力，莫说类似，世界上的城市里面恐怕连接近的水平也难以找到。这个“楚”文化的俗文化圈非常强势，对人对事直截了当，毫不掩饰。

为什么又说它古怪呢？就是在这样波涛汹涌的粗俗人文环境和方言中，汉口却有一个无与伦比的精彩的城市区域，有在全世界也可以数得上的精彩的新古

<<<
江汉村

典主义、Art Deco 建筑群体，从旧英租界、法租界、德租界、日租界蔓延开去，沿江而下，到大智门火车站铁路一线，规模宏大。城市规划、建筑精良到令人难以致信的水平，加上可以媲美上海石库门的里弄居民建筑群体，除了沿海少数城市之外，汉口的这类建筑的水平绝对是国际的，难怪它曾被誉为“中国的芝加哥”。

汉口的租界里面是一个精英阶层的居住区，这里的人，多半在洋行、银行、进出口公司、为租界服务的行业中工作和生活，租界里面有讲究的公寓楼房，也有许多民族开发商在租界周边开发的住宅区，是围合型的带小天井院落的连排住宅，在武汉叫做“里份”，相当于上海的石库门。汉口的租界，顺着长江，从江汉关所在的江汉路开始，江汉路对面就是华人区。租界的长度从江汉路算起，几条并行的马路自西向东，顺江向下排列，过了一元路，再过了六合路，直到汉口蛋厂一带；宽度则从江边的沿江大道开始，由南往北，一直延伸到车站沿线的铁路边。汉口的几个租界都设在这里。这里最早建成现代城市，最早建成下水道、污水处理设备，化粪系统，最早通自来水、最早供电，也最早安装电话设备，无论是餐饮、还是服务，无论是工作形式，还是公共交通，汉口租界是最早进入现代化的区域。这个区域的发展，自然给汉口其他地区后来的开拓提供了范本，因此，汉口的现代生活，事实上早在1862年就开始了。生活在这里的人，和我上面说过的汉口俗市民有很大的差异。第一是因为他们多是职业人士，需要很规矩、典雅的用语，即便讲汉口话，也绝不带脏话；第二是他们因为大部分在洋人的行业、涉外的行业工作，因此多通国语，不少人还能够讲英语，他们的消费方式，也就纳入了西人消费的范围里，久而久之，他们的消费也能够和国际接轨了。

写这一段，我是有些顾忌的，因为好像在讲租界的正面影响。外国人到中国建立租界，当然不是为了提高国人的水平，也不在于提高中国城市的水平。但这是他们自己要生活和工作的地方，为自己着想也得把西方最先进的城市规划和建设、管理模式、行政规范、生活习惯引入。越是先进的国家，租界的建设水准也就越高，从上海到香港、从新加坡到汉口，几乎无一例外都是如此。在租界里工作和生活的华人因此

<<<

摄于湖北艺术学院棱湖旁　背景的小洋楼为四十五中

受到影响，也很自然，很符合逻辑，汉口的情况应该算是很典型的。

我从前有几位朋友，都住在旧租界里，有少部分是解放后迁入的高干家庭，仅仅是占住了人家的豪宅，在说话、行为方面，没有什么旧租界的影响，严格来说并不算租界类型的人，生活方式、言行举止基本还是干部类型的。另外几位则是跟着家庭一直住在汉口老租界里的，老租界对他们的生活方式和言行举止影响很深。有时候我都觉得难以想像：汉口租界在30年代就取消了，这种影响何以延续这么长时间呢？就好像上海一样，整座城市直到现在，也还有一种那个时代延续下来的生活、服务方式。

我有一位多年的好友，全家住在英租界里面的一个里份里，上学的时候，常去他家。他们住的房子，和我在上海思南路136弄住过的石库门几乎一样：天井，两层楼，亭子间，厨房、现代卫浴。他的父亲是一位银行的会计，博览群书，母亲是个精致的主妇，讲一口无懈可击的北京话，她其实会讲汉口话，但是选择讲国语。他们家的生活方式、饮食习惯和我在音乐学院、武汉大学的教授群里所见到的并无二致。每天看《参考消息》，也听听短波 BBC。星期天有时候会请我们几个朋友去汉口那家原来是白俄开的讲究西餐馆“邦可”吃饭，罗宋汤（红汤）、蒜包、头盘、主菜和甜点。甜点经常是 Soffle，是一种奶油发泡的烘烤食品（最近播出的一部孙红雷主演的电影《窈窕绅士》中那位女主角很洋气地说“我最喜欢吃的点心叫做 soffle”，其实就是这个东西），然后还有黑咖啡。这种生活方式延续到 1966 年，才被“无产阶级文化大革命”冲散，但是他们和邻居依然会在可能的条件下在家里做西餐，自己做罗宋汤，烤面包和煎猪排，种种以前的讲究居然可以艰难地延续到那个动荡的岁月里，那是我们在大学里面也已经维持不了的方式。汉口旧租界里的生活有一个自己的圈子，甚至菜场，都有所不同，汉口兰陵路的菜市场，当年居然有红菜头这类做西餐的蔬菜卖。虽然生活已经很贫乏了，但是这个从租界时候就形成的生活、服务圈子居然还在运作，实在很让我惊异。

我那位同学的父亲，一辈子讲纯正的汉口话，从来没有一个脏字，温文尔雅，得体脱俗。我对于汉口的认识，逐步才出现一个新的观点：不是所有的武汉

<<<
1962年全家福

人都那么粗放，那么低俗的。汉口的精英分子基本住在租界和车站路一带、靠近江汉路、中山大道和铁路之间一带的里份里，他们的举止言谈行为是有品位的。所谓“人以群分”，大概就是说的这种因为居住环境不同，而形成的不同人文氛围吧。

武汉的高雅人文氛围还可以在武昌和汉口的高等院校里面体会到。我自己所居住的音乐学院，基本是以普通话、广州白话为主的，武汉话仅仅是我们要上学、要出去办事用的一种方言而已。在那个环境中，我们生活在音乐和美术氛围里，大家的交往也是客气典雅的。几乎每天晚上都有音乐会，一般是音乐学院各个专业学生的观摩会，我们下了晚自习，从学校回家，一般都会到音乐厅听听音乐，有些时候有比较大的演出团体来表演，母亲也会帮我留张票去看。学院的院子里到处都是美术学院的师生在写生，画室的门是敞开的，可以从一个工作室走到另外一个工作室看他们画油画、临摹古画。每逢元旦，学生会组织盛大绚丽的嘉年华会，有圣诞老人、有白雪公主、有精灵、有仙女，冰冻的湖面上有焰火燃放，这个环境和武汉的俗文化似乎完全没有什么关系。

如果出武昌城去到珞珈山，你会看见一个1930年代中国现代建筑和民族传统建筑最好的结合典范——武汉大学建筑群。那个烟波浩淼的东湖，那座郁郁葱葱的珞珈小山，那个精彩的民族现代主义建筑群，除了南京之外，在全国也是第一流的。走到武汉大学一区的树林里，一栋栋精致的住宅小楼掩映在林木中，在世界上的大学里也属于第一流的教授住宅了。“文革”以后，武汉大学办起了三个与美国相关的研究所，一个是历史系的美国现代史研究所、一个是经济学系的北美经济研究所、还有一个是哲学系的美国哲学研究所。当时我在美国现代史研究所读研究生，虽然是草创阶段，设备条件并不太好，但师资却是一流的——国内屈指可数的世界史专家吴于廑先生、国际知名的国际法专家韩德培先生、国内很有影响力的美国现代史专家刘绪怡先生都在这个研究中心授课，其中刘先生更是我的直接指导教授。刘先生一多半时间是讲黄陂音的武汉话，却讲得温文尔雅，他在芝加哥大学留学多年，英语非常好，遇到一些特别的问题的时候，会用英语给我解释。从他那里，我学到的是典雅的、斯文的、文化的武汉话，而毫无粗俗的味道。

1958年大跃进时期全家合影

武汉的大学圈子很庞大，武汉大学、湖北医学院、测绘大学、邮电学院、华中师范学院、华中工学院、华中农学院、武汉体育学院、武汉水电学院、武汉河运学院、武汉医学院、武汉音乐学院、湖北美术学院这样五十几所大学组成的庞大知识分子圈子里，我在这个圈子里生活了多年，倒是没有被武汉市俗的方言文化影响。这个武汉，和前面提到的那个俗文化到极点的武汉，似乎是两个世界，几乎没有什么关系。武汉，其实是几个完全没有什么关联的概念，说到武汉的文化，其实是两种几乎完全没有关联的文化组合起来的。既有极为市俗的“楚”市民文化，也有很典雅的知识分子、机关大院、租界居民文化，并生并存。这一点，正是老让我矛盾的地方。

这种矛盾的感觉，使得我几乎从来不写武汉，怕写不好，得罪了武汉众人，也怕破坏了建筑的形象。因为自己是做设计方面的人，因此很喜欢研究一个城市，也写过好些书谈城市。但是一旦到了两个和我自己有很密切关系的城市：广州和武汉的时候，我居然哑口无言了。几年前，当我出版了《巴黎手记》的时候，有人问我：为什么不写一本《武汉手记》，我都不知道怎么回答才好。细想一下，原因大致是两方面的：一来是太过熟悉，反而不知道从哪里讲起，二来也是这个城市实在有太多让我难以讲述的事情，也就干脆选择沉默了。这里有我让很震撼的建筑，这里也有我很伤心的记忆，这里有我怀念的学府，这样也有我避之不及祈求躲避的恶习。历史给武汉留下了许多珍贵的建筑，却又经不起岁月的蹉跎，荒废而去。我们小时候非常喜欢、崇尚、珍贵的汉口苏联展览馆，后来改叫“武汉展览馆”，居然在几年前给炸掉了，说起来也是武汉的精致文化和市俗文化交锋的结果。1956 年，“苏联经济及文化建设成就展览”继北京、上海、广州之后，在武汉举行，还专门为此展览修建了“中苏友好宫”，建筑之精美堂皇一时传为城中佳话。我还记得当年在音专跟着父母搭学院的校车过江看展览的情形，一车的师生，个个都兴奋不已。现在北京、上海的展览馆都好好的，只有武汉这一座，永远地消失了，实在令人痛心。在我的印象中，这个武汉，恐怕独一无二，大而泛，言重而落轻，因此也就不怎么太讲这个城市了。其实，我可以讲一口地道的广州白话和武汉话，但是对两个城市都选择了沉默，实在伤心所致。

<<<
1962-63年摄于音乐学院前

这二十来年来，武汉地区建设得快，扩张得快，但是除了“大”和“快”之外，却看不到多少城市建筑的精彩，人文方面则更加令人伤心。武汉的“楚”文化圈和精英文化圈现在界限已经越来越模糊了，原来住在老租界的那一代人和他们的子女逐渐老去，精英圈的人不是四散而去，就是沉沦到俗文化中去了。武汉精英圈的世俗化速度之快，真有点触目惊心。

我是武汉大学毕业的，在武汉大学历史系读了几年。家住在武汉音乐学院，好多年间，生活都是两点一线，从一个学院到另一个学院，虽然一直很向往参与和了解，但却很少有机会深入到市民层次的生活中去。自从 1982 年毕业离校，去了广州，我一直都很忙，就没有再在武汉做过什么工作了，总是将父母接去广州避寒，自己却难得回武汉。出国以后，回武汉的机会就更少了。十多年前，武汉大学的刘纲纪先生曾经和我讨论过回来帮助成立设计学院、建筑学院的事情，我觉得条件不成熟，便以自己在美国的工作脱不开为由而婉拒了。四五年前，有一个湖北国有背景的开发项目在武昌的关山附近启动，他们请的建筑设计单位是在澳大利亚一家很不错的公司，我受委托去参与了先期的策划和设计，曾经很兴奋了一阵，觉得终于可以为武汉做点事情了。为了这个项目，我还从洛杉矶赶去到布里斯班开会，然后又赶回洛杉矶上课，很忙很累，但是心里很高兴。可惜如同大部分武汉的事情，总是先声夺人、半途而废的，主持这个项目的公司内部有些问题，和澳洲公司的合作也就不了了之，我也就中途退出了。这样一来，我这个在武汉生活和工作过几十年的人，居然在后半生完全和武汉没有什么关系。想起来也很奇怪，前半生脱不开武汉，后半生和武汉沾不上。直到 2009 年夏天，金地集团请我参与一个在汉口大智门火车站附近的高层商住混合项目，主要是希望我写一点关于汉口建筑、住宅的东西，我才有机会在武汉参与一点点事，因此感觉上是很混杂的。这个背景，也就是这本书产生的原因了。

在我自己来说，写这本书一方面是希望能够探索城市中心的高层建筑设计和规划的方向，特别是给武汉的住宅建筑整理出一些可以参考、借鉴的经验和想法来，另一方面，也是希望希藉这个机会来谈谈自己对武汉城市的感受。金地公司的这个项目给我一个很好的机缘来写写熟悉又陌生的武汉，写写汉口。

武汉是一个被长江和汉江分隔成三个相对独立市区——汉口、武昌、汉阳——的城市，在中国，被两条江，甚至被三条江隔开的城市也还有不少，但唯独武汉，与众不同。

其一是这三个城区结合起来雄踞华中，京广铁路和长江在这里交汇，交通要冲的枢纽地位，使得它有“九省通衢”的称号，由地点造成的重要枢纽地位，即便是同在长江边上的其他城市，不论重庆、宜昌、荆州、黄石、九江、安庆、芜湖、南京都难以相比的；第二是这长江实在太宽，虽然叫做三镇，但事实上是被大江分隔而成的三个并不同的城市。常常听到武汉是“中国的芝加哥”的说法，但相比之下，芝加哥虽然也有多条运河分隔市区，但是河流很窄，桥梁很多，还是一个完整的城市，相比起来，武汉的三镇就颇有差异，与其说是一个大城市，还不如说是在统一城市行政管辖之下的三个具体城市来得更准确。

武汉这三个城市，差别之大，恐怕不在武汉居住的人，很难想像。武昌是三国时候就有的，而汉口的历史最多也只能追溯到明朝而已，现代汉口的存在则仅仅百余年，至于汉阳，好长时间内都是个半城半乡的镇，即便现在，住在汉阳，也不容易有大城市的感觉。三镇之中，汉口建筑最为丰富，也最为现代。五个国家的租界，留下众多的现代建筑精品；华人自己近百年中开发的区域，从汉水入口处开始，一直延伸到大智门车站一带，现代化水平则参差不齐。在中国有租界的“开埠”城市中，以租界为时之长来计，汉口在上海后排第二，以租界国家之多来算，汉口则在上海、天津之后排第三。汉口的各国租界合起来，有3300亩之大，现代化水平，即便用今日的眼光来看，也是相当高的，更遑论在20世纪初期了，绝对是国内最先进的城市之一。这段历史，使得汉口的建筑，基本上将西方19世纪的新古典主义（Neo-Classicism）、新艺术运动（Art Nouveau）、装饰艺术运动（Art Deco）、现代主义（Modernism）这四个主要类型，全部包括进去了，名副其实地形成一个现代建筑博物馆型的城区。这种情况，在国内是很少见的。写汉口的城市和建筑，可以完全和撰写西方现代建筑历史同步，这种案例，也真是可贵呢！

<<<

1956 年摄于十三栋前

车站记忆

说起汉口的精彩建筑，我很容易会立刻联想起江汉关、大智门车站、几个银行的建筑来，这些建筑绝大部分都是属于新古典主义范畴的。

2009 年夏天，我应邀去汉口看金地在这里的高层住宅区项目，地盘就在大智门的汉口旧车站旁边，因此专门去了一次那座常被人叫做大智门车站的老车站。想去看看工地，也想去拾回一些陈年的记忆。在整个参观过程里，我自己很是有点恍惚，几十年前的旧事好像云烟一样在脑里飞过，感触很多。

大智门火车站已有百年历史，是中国最早的大城市火车站之一了。这座车站，见证了从北平到汉口的京汉线铁路的开通，又见证了辛亥革命，清朝在武汉的最后一批官员就是从这里爬上火车回北京去的。北伐在这里运兵，日军攻陷武汉后在这里卸下装备和军人，解放战争也以占领这个车站作为一个胜利标志，解放军是沿着大智门的铁路朝循礼门方向挺进的。转眼到了“文化大革命”，我居然在这座车站的大立面上画过那张巨大的毛主席像。随着车站和铁路的搬迁，大智门车站突然空了下来，街头上过去永远熙熙攘攘的人群一下子消失了，建筑还保持在那里，周边却空空荡荡的，那种时光颠倒错位的感觉有些荒诞。那一天，我站在已经清理空了的车站建筑物前面，感觉像是昨天才从站前为画画搭起的脚手架上攀爬下来的一样。只是时过境迁，人事两茫茫，转眼已是三四十年前的事情了。

世界建筑史上，曾有过“新古典主义”的浪潮，汉口新古典主义建筑最典型的例子之一，就是这座老汉口车站。作为车站，结构是一个四角有塔楼的方形的大棚子，用高大的穹顶拱起内部，作为候车室空间。方形棚的四角是四个四层高的攥尖塔楼，四个塔楼顶都用墨绿色金属包裹起来，是模仿德国巴伐利亚地区城堡碉楼的顶部形式，这类顶子一般很少用于民用建筑，有一点神话的色彩（你注意看看现在迪士尼乐园的那个灰姑娘城堡，屋顶碉楼用的也是这一类的形式），可以想见当年设计这个车站的时候，设计师的构想是想做成一个很有德国感觉的车站。现在这个车站的顶子恢复了原有的深绿色，墙面也是浅灰色的。但是在我记忆中，“文化大革命”的时候，这个建筑是给刷成其他的色彩的。顶棚虽是方形的，但是由于中间拱起，因此四个立面都做成了圆拱形，大半圆拱券立面的设计，使得候车室四面都有一个半圆形的采光大窗。面对车站路的那个半圆拱门尤为壮观——前面有一个很大的自鸣钟，半圆拱上端还有一只青铜铸造的飞鹰。鹰是建车站的时候就装在上面了的，“文化大革命”的时候，怕给红卫兵毁了，因此早早就收了起来，大钟也搬走了，所以我在那里爬上爬下画毛主席像的时候，是没有见到这只鹰的。那时在车站路门口前面，用锌铁板做了一整面墙，将整个半圆形的玻璃圆穹都

1967年与侯醒国合影于东湖

遮住了，那幅巨大的毛主席像就是画在了这面锌铁板墙上。

那天，陪同我去看大智门车站的朋友问我：车站和我在“文化大革命”的时候看到的样子有什么差别吗？我说建筑倒没有什么变化，保护得很好，只是人去楼空也。“文化大革命”的时候，这个车站是汉口的交通枢纽，人头涌涌，周边热闹非凡，加上四周墙壁上铺天盖地的大字报、标语，整个建筑立面都差不多给大字报盖满了。现在这栋建筑就像一个博物馆、一块纪念碑，很干净，很安静，很可爱，但是很超现实。赋予建筑生命的是那些使用建筑的人，如果人不在了，仅仅剩下建筑，也就是个遗址了。望着它，有几分亲近，有几分熟识，却又恍若隔世。

我在这里爬上爬下的时候，是1966年的夏天。记得那个夏天特别闷热，阳光灿烂得有点惨烈，烧得武汉地面的苍生沸腾。天蓝云白，江里水大，翻着红色的浪。“文化大革命”从5月底开始爆发，到了10月，学校都停课了，工厂也开始受到影响，马路上的公共汽车虽然还能够维持班次在开，但经常是游行队伍一来，交通就中断。如果要去什么地方，除了可以坐轮渡过江之外，恐怕最可靠的就是两条腿走路了。

“文化大革命”期间，我是个非常彻底的“逍遥派”，因为革命跟我没有关系——不是我对革命没有憧憬，而是革命不欢迎我参与，因此也就一心画画，完全不介入红卫兵运动了。

“文革”应该是从5·16算起的，到6月份大字报已经铺天盖地帖满了学校。我却从乱中溜了出来，和另外一位姓余的同学从7月份开始就在武昌的铁路系统画画。那时学校不上课，同学们或者忙着写大字报、或者跑到湖北大学去串联；老师们不是给学生拘禁在“牛棚”里受苦，就是在学校里集中“学习”中央“文革小组”的新精神，没人管我们。我们学校位于武昌徐家棚，那里有个武昌北站。最开始是北站派了两个工人来我们学校找“会画画”的学生，去帮忙画一个有关铁路系统进行“文革”的展览。我和小余在学校里画画还有点名气，余胖，我瘦，凑在一起，好像莱路、哈蒂一样，全校都管我们叫“胖子”和“瘦子”。这样我们就去北站上班了，每天在北站旁边一个类似小仓库的地方画展览要用的插图。这个展览也很有点意思，最初策划的时候是1966年春节以后，当时

<<<
1966年冬与林世平合影

还叫做“四清展览”，不料上半年政治风云瞬息万变，还没有筹备好，政治调调就改了，从“四清”变成了“文革”，时间很赶，这样才叫我们去，在大白纸上用墨汁画连环画。当时《解放军报》的美术编辑董辰生，用黑墨干笔擦的作画方法对我影响很深，我就学着先把姿势很夸张的工农兵草稿勾好，再用很干的墨笔擦出来，挺快，效果也好。可是，刚刚画了党和国家的主席毛泽东和刘少奇，消息传来，刘被打倒了；才画了省委领导王任重，又说王任重也打倒了。不但要改画，连故事内容也得改，来来去去，没完没了。我们两个是和铁路美术组的两个美工一起画画的，画到最后他们说：干脆停下来等等吧，也不知道以后会闹成什么样子。于是，我们两个每天早上还是去北站，不过只是在那里耗时间，晚上再走路从徐家棚北站回学校宿舍去睡觉。

7 月份，汉口火车站打电话过来武昌北站谈美工的问题，大智门火车站需要紧急装一张 8 米高的毛主席胸像，但他们那里只有一个姓杜的专职美工，因为“文化大革命”开始了，需要写好多标语，车站内外整天都要换，他忙不过来，需要支援，不知怎么打听到徐家棚站这边的美工室有两个“学生伢”画得很好，因此汉口站那边就说：让他们过来吧！我们得知后，正准备收拾画具过去，武昌站的美工告诉我们：汉口那边是大车站，有专职美工，不像他们都是兼职的，因此汉口那边的美术材料多得多，什么都不用带过去。于是，我和小余在得到通知的第二天，就从徐家棚坐轮渡，在汉口滨江路抗洪纪念碑那里上了岸，顺着去车站路，两手空空的一路走到了汉口车站。

我们学校在徐家棚，那里是乡下和棚户区，而大智门这边非常热闹，是汉口的繁华之地，我们两个完全是从乡下进城的感觉。车站路很长，是抗战后，市政府把原来跨越几个租界的路连起来合称的路名。这条路西北起大智门火车站，东南连接沿江大道，横穿友益街、中山大道、岳飞街、胜利街、洞庭街，全长 750 米，但不算太宽，大约就是 10 ~ 15 米。车站路西北与天声街和大智路左右为邻，东南与蔡锷路和洞庭小路对应。记得在 1966 年，这条街两旁都是小商店、小旅店和饭馆，虽然也受到“文化大革命”的冲击，但因为开始不久，还未到最坏的时期，大部分店的生意自然有点影响，但还远没有到 1967 年、1968 年那样

1967年初摄于武汉师范学院　左起为：张雁、欧昊、王受之、高虹

全国都停顿的情况。因此我们一路走去，也依然看到熙熙攘攘的人群，站前有好多人在卸货、装货、打包、车运的。

汉口大智门车站是我小时候去北京时上车的地方，后来也陆续去过几次。新中国成立前叫做大智门火车站，解放后改为汉口火车站，这座中国第一条长距离准轨铁路的大型车站，是中国近代铁路建设尚存的重要历史见证。我祖父的哥哥王仁康，生于光绪十五年，曾经在日本留学读铁路工程，辛亥革命后担任过从广州到武汉的“粤汉铁路局”局长，小时候曾经对我描述过这座车站有多么壮观。车站位于车站路终端，从中山大道上就可以远远地望见，虽然不是一个很高的建筑，但是新古典风格味道很浓，色彩也很突出，加上处在两条放射形道路的交点，因此很令人瞩目。

大智门火车站应该算是中国最早的枢纽火车站之一了，是在1903年底建成的，历时3年建完并且投入营运。火车站的建成，使得武汉可以直通北京和华北地区，也带动了原本地处荒僻的大智门一带的经济发展。以车站路为中心，向四周辐射，建起了工厂、仓库、搬运站，形成一个商店、副食店、餐馆林立，居民众多的闹市区。尤其是1918年以后，随着叶凤池，北洋军阀寇英杰、程汉卿，湖北省长何佩瑢，买办刘子敬等有头有脸的头面人物，在车站路附近填土建屋、置办产业，使车站路一带越发红火起来。这条垂直于火车站的车站路一时间人来人往，一派繁盛景象。1950年，我爸爸有时候还带我们兄弟两个来这里看车站建筑、看火车，也在路旁边的小餐馆吃顿饭，记忆中的火车站好不热闹！我接受任务到这里画画的时候，也还是非常热闹的。

大智门车站这个地段，原来是租界内的，车站归车站，车站旁边的车站路，基本都属于租界范围。1896—1943年间，这条路大部分为法租界区域，法租界工部局、巡捕房、兵营及许多重要洋行、俱乐部均设于此。在租界时期，车站路分为三段，各有不同的名称：原汉口火车站至友益街一段称玛领事街（玛领事即玛玺理，1900—1904年任法国驻汉口领事）；今中山大道至洞庭街一段称大法总理克勒满沙街（克勒满沙在1919年巴黎和会时任法国总理，现在翻译为克里门梭）；今洞庭街至沿江大道一段称邦克街，为法、俄两租界的“界限街”。1918年，邦克街又以美国总统威尔逊的名字命名变成威尔逊路。直到1946年抗战胜利后，法租界才被收回。因此地紧靠汉口大智门火车站，中国政府随即将上述3段道路合并称为车站路。

我们走到车站门口，看见有好多人在候车，汉口车站主楼是那个有四座塔楼的候车大厅，旁边两侧有后来加建的候车室。车站不大，十分拥挤，不少车站的办公机构也都在附近的楼里面，其中美工组在车站路左边一栋小建筑的顶楼。按照约定的时间，我们爬上去找到了老杜，他当时大概三十出头，印象中应该是河南或者山东人，穿件褪色的蓝色的工作服，上面有好多油漆斑点。老杜和另外一位从汉口循礼门车站调过来的姓肖的美工当时正在车站右边写一块很大的标语牌，内容好像是“把‘文化大革命’进行到底”之类的。他们很热情，说我们去看看车站吧。于是放下手里的笔，点着烟，带我们两个人出来去车站门口的广场看看那栋建筑。

我们当时年纪小，感觉车站建筑非常宏大，2009年我因为项目工作，又去大智门车站走走，感觉建筑物远远没有我原来印象中那么大了。但是建筑设计的精美，则是肯定的。我后来也去过一些欧洲城市，精美程度达到大智门车站这样水准的车站建筑，并不很多。

说起这座车站的建造构思，恐怕还要上溯到张之洞。清光绪二十八年（1902年），推动洋务运动的张之洞，邀约直隶总督王文韶，联名向朝廷呈递了一份设立朝廷“铁路总公司”的折子，内容就包括在汉口大智门附近建一座火车站的方案。张之洞所奏，上头照准。于是，张之洞公开招标，最终，一广帮建筑商胜出中标。经过几年精心施工，汉口最早的火车站，就鹤立在大智门了，这就是大智门火车站。

大智门火车站是由比利时贷款兴建，法国工程师设计的。按照西方铁路车站的设施设置，在建筑外观造型上，体现了西式新古典的风格，建筑平面呈横亚字形，中部突出，四角各建有高 20 米的塔堡，堡顶为铁铸，呈流线方锥形。墙面、窗、檐等部位以线条和几何图形雕塑装饰。屋顶有五个屋面，正中部高，中部两侧稍 低，两端稍高，屋面均不出檐，檐周修有栏杆式女儿墙。主出入口系由并列的三洞六扇门组成，设于大厅正中。室内正中为一层候车大厅，坐西朝东，空间高 10 米，两端为二层。占地面积 800 余平方米，楼上办公，楼下售票、候车。汉口大智门火车站是京汉铁路的南端终点站，20 世纪初，它诞生时曾是亚洲首屈一指最现代化和最壮观的火车站，被视为京汉铁路全线最耀眼的亮点。车站建成，火车开通，汉口的面貌也跟着改观，《夏口县志》记载，“后湖筑堤，芦汉通轨，形势一年一变，环镇寸土寸金”。

铁路一通，商贾云集，车站位于市内，火车就穿越市区到这里停靠，因此可以想像车站的周边有多旺

1970年

了。随便翻开当年的记载看看，都说这里是繁华之地。《汉口小志》名胜类中说火车站前的景象是："繁盛极矣，南北要道，水陆通衢，每届火车停开时候，百货骈臻，万商云集。下等劳动家藉（借）挑抬营生者，咸麇集于此。"

如果说汉口的基本发展形态，应该知道这个城市是因水约束而形成的：最早的城市是在汉水和长江交界部分，是旧城，完全沿江而建。租界这一带早期完全是江边的滩涂地，靠江，背湖泊，到张之洞建造了围绕汉口外围的张公堤之后，汉口有所发展，直到租界划定，在长江边修建堤防，英国人、法国人、德国人、日本人按照方格布局方式，建造城市，才形成了近代的汉口租界区的城市，而租界之外则建造散漫。铁路开通之后，在租界和铁路之间就形成新市区了。我小时候听汉口的人说汉口，还是喜欢说"铁路内"和"铁路外"，如果是"铁路外"，出了大智门、循礼门，也就是郊外了。可想当时汉口并不很大。

我们跟着老杜看车站建筑，也听他给我们两个指指点点的讲车站建筑的一些故事，记得他特别提到辛亥革命在武昌爆发时，清朝的官员是从这里爬上火车逃走的。

在大智门车站立面画一张大毛主席像，是当时铁路“革委会”的紧急要求。那个年代，能画大幅毛主席像的人不多，加上美术学院的老师很多都被隔离斗争，也无法来画，因此大凡我们这类有一定能力的，机关单位都会请去帮忙。现在回想当时的情况，老杜他们两位都是专业美工，应该是他们上去画的，但是我估计他们当时有一些顾忌，因为毛主席像画不好，是要出政治大问题的。找我们画，首先我们是“革命小将”、“红卫兵”（红卫兵在6、7月的时期，还是那些“红五类”子弟的专属，但到9月份之后就谁都可以给自己挂袖章了），算是属于毛主席支持的革命先锋，何况又不是本单位的人，因而即便画得不像，出错了，我们的这种身份也比较保险，改改就是了，不会给单位的人随便上纲上线地拎去批判。这种特殊的态势，也就给了我们一个特殊的机会。时间很紧急，因此我们四个人：老杜、小肖、小余和我，就站在大智门车站门下，商量方法。第一个是脚手架的搭法，要算好一个人站在上面的工作距离，最后决定将八米高的肖像挂在车站入口的天棚上部，做三层脚手架，

1973年10月秋交会会场内

余家祺站在最上一层，画毛主席眼睛以上的部分，第二层在毛主席的下巴附近，我负责画从眼睛以下到下巴的部分，最下面一层是领口、脖子、衣服，老杜来画。背景色统一刷。

“文化大革命”开始的时候，流行的毛泽东肖像主要有两种类型，一种是面部稍微侧一点点，可以看见毛主席的左耳，我们叫做“一个耳朵”；另外一种是稍微晚一点的，是完全正面的肖像，可以看见两边的耳朵，叫做“两个耳朵”。这两张画估计都是中央工艺美术学院专门画毛泽东肖像的张正仕老师画的。我们选择了一下，还是觉得“一个耳朵”的好看，就定了这张。接下来，几个人一起去公务班，把脚手架的事情安排下去了。当时铁路还完全没有受到冲击，因此做事很有效率，两三天内就把脚手架搭起来了。用钢管搭建，脚手架上铺着木板，可以走动，从侧面的竹梯子爬上去工作。

那张大肖像画是画在用镀锌板拼成的大平面上，底色是白色的油漆，画外圈有金色的大画框环绕。虽然在来大智门车站前，我在学校、在徐家棚车站都画过毛泽东像，高度在3、4米左右，但是往往是全身像，因此头部的尺寸不大，比较容易掌握，而现在面对的这一张则是一个八米高的大肖像，并且是三个人分段在画，因此怕不准确。首先在整张画面打上放大用的格子，同时在毛主席的印刷品肖像上也打上格子，对着格子一个个放上去，用木炭笔起好轮廓，这样基本形就准了。我们用的油画颜色，毛泽东肖像的额头部分色彩比较淡，脸部色彩比较红润，下巴部分色彩偏土黄，因此我们三个人协调了一下，用搪瓷大脸盆调了三盆颜色，另外在手边放一个调色板，从脸盆里用基本色，再在调色板上添加一点点具体变化的色彩，这样既保持了整张画面色调的一致，也有局部的变化。

画那张大像，我们花了大概四天的时间，这是一件非常劳累的事情。每天要从车站侧面的脚手架爬上去，落脚的跳板只有尺把宽，无法退步看看效果的。因此画一下，要爬下来，站在车站路门口边退边看。像大，差不多退到二十多米以外，才看得出整体的效果来。看到有不合适的地方，又匆匆忙忙地从脚手架爬上去修改，一天无数遍地上上下下。各人画完了自己的一部分之后，三个人下来一起看，再调整。等到差不多了，让工人把脚手架拆去，再看。发现还有瑕

1976年“文革”结束后摄于湖北艺术学院内

疵，就用长梯子靠在上面修改，反反复复，总算完工。铁路革命委员会的人来看了，说不错，也就大功告成了。

这张画连续画了好几天，因为脚手架搭在车站建筑正面，给了机会让我爬到旁边的塔楼上看看，估计我属于极少数有机会爬上那里的人之一了吧。这次我重回武汉，去大智门车站看看，那个车站已经搬迁了，车站建筑作为历史文物保留了下来，因为车站不再，周边的商业也就颓败下去了。车站建筑两旁原来属于车站的附属建筑都拆得干干净净的，只剩下车站很突兀地杵在那里，有种奇怪的感觉。我站在车站正门的街头上，想起42年前我在这里上上下下爬着画画的情况，特别是当时爬到塔楼上张望的情况，好像还是昨天的事情一样呢！

提起那张大画，倒勾起当时一件让我很伤心的事情来了——我父亲时在武汉音乐学院教交响乐配器法，是作曲方面的专家。他小时候一直吹奏单簧管（黑管），因有了在学校军乐队吹了好几年的经验，他对大部分管乐器都熟悉，很多乐器都能够吹奏。不过他在音乐学院教作曲，这方面的才能就很少有人知道了。“文化大革命”一开始，他这个“反动学术权威”就受到冲击，挨批、挨斗、甚至挨打，受了很多的折磨。1966年夏天，我在大智门火车站画毛主席像，回家就告诉他，他听了很高兴，觉得无论自己怎样，儿子是有出息的。但是说：可惜我没有机会去大智门车站看看你的画了。他当时给关押在音乐学院的变相集中营——俗称“牛棚”里面，除了规定时间里可以回一下家，其余时间是不能自由行动的。殊不知机会却从天而降：当时在汉口的武汉剧院演出“样板戏”，是军乐队在伴奏。有一阵，乐队那位吹大号的人出差了，乐队缺了一个大号（tuba）演奏员，那时能吹大号的人很少，不知道是什么因缘，决定让爸爸去顶缺。结果每天晚上把父亲从“牛棚”拉出来，套上黄绿色的军装，带个红袖章，和其他人一起坐大卡车从武昌过长江大桥去演出。因为他是个“牛鬼蛇神”，一路上没有人敢和他讲话。到了剧院之后，也就孤孤单单地坐在大号的那个位置，一晚上吹上几声，其他时间就枯坐在台上。因为大号太重了，演出结束之后也就放在剧院里，他脖子上吊个大号的号嘴回家，那几个星期，晚上11点钟，他准时回家，脖子上吊个大号的号嘴，

<<<
1996年，与母亲合影于原湖艺十三栋（我家原住在三楼）

回家就要脱军装，喝口水，再回“牛棚”睡觉。他是个精神上很独立的人，受过很多折磨，能够应对，有天晚上他回到家里，眼睛放光，很高兴地跟我说：今天车过汉口大智门车站那一刹那，我看见你画的那张大幅毛主席像了，画得很好。他鼓励我坚持锻炼下去，相信一定会有出息的。自己儿子画的画，只能远远地从卡车上看一眼，还不能告诉其他的人，这段经历，想起来都让人心里流泪。

我很庆幸大智门车站这座古老的建筑物没有给拆掉，给我们保留下一个百年的记忆，也给我保留了“文革”的记忆。

（以上二文曾在金地的一本《汉口1903》的书中发表过，本处做了一些删改）

租界建筑的印象

说到汉口的建设，说到汉口的建筑，不能够不说租界。租界有两种，一种是殖民租界（Settlements），一种是让与租界（concession）。例如上海公共租界便是殖民租界、在这类租界里，土地所有权仍属于原来的中国业主，外国人根据条约向业主接洽，租用地皮，租后直接向地方官验契纳税。不过，汉口租界就像上海英租界、法租界一样，是更加丧权辱国的让与租界，就是将租界内的地皮整个地租让给帝国主义，租用国每年只是向当地政府交一点微不足道的地租，即所谓“地丁糟米银”。如最初的英租界，有458亩地皮，每年向汉阳县交的银子不过92两6钱多一点。至于原来的中国业主，不但丧失了土地所有权，还要被赶出租界。凡要在租界里租用地皮，非经租用国领事馆同意不可，否则就属“非法”。

当年在汉口，英、德、俄、法、日等国都在汉口有租界，日本租界的建设水平最低，俄国算是倒数第二，而其他几个国家的租界建设和规划质量则相当好，其中英租界和法租界是质量最上乘的。

第二次鸦片战争结束后，英国人极为重视新开辟的3处长江口岸（镇江、九江、汉口），立即派遣参赞巴夏礼（Sir Harry Smith Parkes，1825—1885）与舰队司令贺伯乘军舰到这些口岸勘定租界界址。1861年3月11日，巴夏礼到达汉口，与湖北布政使唐训方共同丈量，确定将汉口镇辖区的末端，长250丈、进深110

丈，面积458亩的一片土地开辟为汉口英租界。3月21日，唐训方与巴夏礼签订了开辟汉口英租界的条约，确定界内一切事宜由英国驻汉口领事管理。

甲午战争前，汉口英租界是汉口唯一的租界。甲午战争结束后的3年间，德国、俄国、法国和日本都在汉口新开辟了租界。于是英国也提出拓展租界的要求。由于新辟的俄租界紧邻英租界的下游，汉口英租界只能向西北方纵深处拓展。1898年，湖北按察使瞿廷韶与英国驻汉口领事霍必澜签订了《英国汉口新增租地条款》，规定汉口英租界向西北方扩展到距离汉口城垣只有5丈的地方，新增面积337亩，总面积增加到795亩。

汉口英租界的西北界限距离汉口城垣有5丈，留下5丈官地作为供中外人民自由行走的道路。道路由英租界工部局修建，并设置巡捕、路灯，加以管理。不久，英租界工部局在进入这条道路的各个入口装置铁门，可以随意开关。此后，英租界工部局又得到"地皮大王"刘歆生的同意，在英租界西南边界外侧修建了一条马路，命名为歆生路，随即也派设巡捕，向道路两侧（包括华界一侧在内）的居民征收捐税，同时在通往华界的3个街口——花楼街、黄陂街（又名前花楼街）、居巷（交通巷）也设置了铁闸门。歆生路作为在英租界工部局管理下的中英交界道路，不久就发展成武汉最繁盛的商业街，1926年英租界收回后，

<<<
1972年

改名为江汉路。

当年属于英租界的街道主要有这么几条：

河街（现在叫做沿江大道），

洞庭街（天津路到合作路一段），

领事街（现在也归入了洞庭街，是天津路到合作路的一段），

鄱阳街，

湖南街（现在叫做胜利街），

湖北街（现在是中山大道江汉路至合作路一段），

歆生路（这是当时用刘歆生命名的路，现在是江汉路的一段），

太平路（现在是江汉路的一段），

怡和街（现在叫做上海路），

阜昌街（现在是南京路的一段），

华昌街（现在叫做青岛路），

宝顺街（现在叫做天津路），

界限路（现在叫做合作路）。

英租界的规划主要采用了现代方格形式，用沿江的大道做基准，租界内的道路采用平行和直角交叉的排列方法组织。在规划的时候，就建设了给排水、电力系统，在租界内分划了商业、办公区域，居住区域，反映了当时英国在维多利亚时期前后现代城市规划和建设的水平。

英租界内的洋行（贸易公司）、银行建筑大多数是采用当时英国流行的新古典主义风格建造的，结构中多采用现代的钢筋混凝土框架结构，是当时中国国内最先进的建筑群之一。英租界是汉口的金融贸易中心，汉口知名的大洋行80%集中在界内，比较重要的有汇丰银行（英资）、花旗银行（美资）、麦加利银行（英资）、横滨正金银行（日资）、台湾银行（日资）、怡和洋行（英资）、太古洋行（英资）、亚细亚火油公司（英资）、卜内门洋碱公司（英资）、顺昌洋行（英资）、旗昌洋行（美资）、阜昌砖茶厂（俄资）、日清汽船株式会社（日资）等。这里还有几栋比较重要的教堂建筑：天主教圣若瑟堂（汉口教区主教座堂），地址在今上海路16号；美国圣公会圣保罗座堂（鄂湘教区主教座堂），位于今鄱阳街32号；东正教亚历山大堂，基本上为俄国侨民使用，今鄱阳街38号的东正教教堂，英国礼拜堂，英国侨民专用，位于今鄱阳街40号。

法国当年在中国的四座城市拥有租界：上海、天津、广州、汉口。法租界是当年汉口的5个租界之一，汉口的娱乐商业区主要在汉口法租界内。法国于1896年与清政府签订“汉口法租界租约”，在汉口设立租界，面积约187亩，并于1902年再次展拓界址。汉口法租界与汉口俄租界是同年设立的，俄、法两国租界选在同一地区，俄国占2/3，法国占1/3。1943年2月23日，法国维希政府宣布，放弃在华租界。6月5日，汪精卫伪政权同日收回了天津法租界、汉口法租界和广州法租界。

法租界街道名称是彻底改光了，原福煦大将军街现在叫蔡锷路，原德托美领事街现在是胜利街，原巴黎街和新巴黎街现在是黄兴路，原霞飞将军街现在是岳飞街，原克勒满沙街是现在车站路的一段，原玛领事街现在是车站路大智门老车站至中山大道上这一段，原大法总理街是车站路中山大道口至洞庭街口这一段，原威尔逊总统路是车站路洞庭街口至沿江大道这一段，原吕钦使街则是洞庭街黎黄陂路下端至一元路口这一段，原马尔纳街是友益街下段，也就是从车站路口至一元路口，原亚尔萨罗南尼街、西贡街是中山大道黎黄陂路口下端，是现在的中山大道的一段，原河街则是从英租界延伸过来的现在的沿江大道。

和英租界浓厚的贸易、金融氛围不同，法租界更加浪漫，也更加具有声色犬马的感觉，这里最精彩的建筑是饭店，其中又以德明饭店最突出。德明饭店现在叫做江汉饭店，位于汉口蔡锷路口、胜利街与中山大道交接的半岛形地段，是武汉最早的由洋人开办的旅店。1900年，清政府修建京汉铁路，作为这条铁路终点的汉口大智门火车站也同时兴建。法国商人圣保罗于1914年开始在当时法租界内筹办修建一座饭店，并聘请一对犹太人夫妇为饭店总设计师，于1919年才完工开业。因饭店地处京汉铁路终点站，遂据英文terminal，或者terminus之意起名“德明”。德明饭店为当时汉口旅馆之冠，多为外国人及高等华人长期包租。蒋介石、程潜等国民政府要员，以及胡适、徐悲鸿、齐白石、梅兰芳等文化名流也都曾下榻这里。这个饭店气势非凡，我小时候走过这里，望见那座新古典主义的精彩建筑，雅致的园林和高大的玉兰树，总会站下来看看的。

德国在近代中国曾有三个租界：青岛、天津和汉口，1895年，中国政府为感谢德国参与“干涉还辽”——迫使日本退出在《马关条约》中攫取的辽东半岛，同意德国在中国开辟租界。10月3日，德国在汉口开辟了其在中国的第一个租界，面积为600亩。第一次世界大战期间，1917年3月14日，中国政府宣布与德国绝交，次日，派遣200名警察进驻汉口德租界，8月4日，中国政府对德宣战。1919年6月28日签订的《凡尔赛和约》确认了中国对两处德租界的收

<<<
1977年“文革”结束

回。于是，汉口德租界改为汉口第一特别区。1944 年 12 月 18 日，武汉遭受美机大轰炸，旧德租界地区因临近日租界，大半被炸毁，损失惨重。

德租界的街名也基本全部改了，原来的皓街（Augusta street）现在是一元路，福街（Victoria street）是现在的二曜路，禄街（Utsen street）是三阳路，寿街（Nien street）是四唯路，宝街（Charlotten street）是五福路，实街（Dorotheen street）是六合路，当时的汉中街改成了胜利街，当时的江岸街现在是沿江大道的一段，汉景街则成为现在中山大道一元路至陈怀民路的一段。德租界内很精彩的建筑之一就是位于今一元路 2 号的德国驻汉口领事馆，这是一幢面对长江的二层维多利亚黄色建筑，四周巷廊，建筑面积 3202 平方米，现在是武汉市外事办公室。

俄国当年在中国有两个租界：天津和武汉。汉口俄租界是汉口的娱乐商业区和高级住宅区，位于汉口英租界与汉口法租界之间，面积414亩6分5厘，于1896年开辟，1920年由中国代管，1924年被正式收回，改为汉口市特二区。

俄国驻汉口领事馆位于车站路江边，1904年建成，4层。美国驻汉口领事馆也位于俄租界江边，紧邻俄国驻汉口领事馆（车站路1号）。1905年建成，三层，建筑带有巴洛克风格，有别致的曲线墙面。

俄租界的道路名称也改了许多，比如当年俄租界的一德街是沿江大道一段，鄂哈街、两仪街是现在的洞庭街，开泰街、三教街是现在的鄱阳街一段，玛琳街、四民街，现在是胜利街合作路口至黎黄陂路口下端一段，亚历山大街、王族街、五族街现在是中山大道合作路口至黎黄陂路口下首，界限路就是合作路，列尔宾街是现在的兰陵路，夷玛街是现在的黎黄陂路，这条路在俄租界内比较突出，全长604米，建于1900年。两侧有多栋欧式建筑物，如：道胜银行、俄国巡捕房、美国海军青年会、路伽碑路房子等17处旧址。1997年辟为黎黄陂路街头博物馆。俄租界内的领事街现在是洞庭小路。

汉口的日租界是当时在汉的五个租界中最差的一个。日本当时在中国占有五个租界，分别在天津、重庆、苏州、杭州和汉口。汉口日租界1898年开辟，占地约200亩，1907年扩展到622亩。1937年8月，汉口的日侨（1984人）全部撤离回国，汉口日租界由中

1977年“文革”结束

国政府代管。1938 年 8 月 13 日，淞沪会战一周年纪念日，中国政府正式收回汉口日租界，改为汉口第四特别区。同年 10 月 25 日，日军攻陷武汉这座“中国最后一个大城市”，又恢复了汉口日租界。1943 年 3 月 30 日，日本将汉口日租界交还给汪精卫政府。汉口日租界在汉口五国租界中地理位置最为偏僻，日本商人财力又很有限，所以商务并不繁荣，但在当时五个在华日租界中仍然仅次于天津日租界。稍有实力的日本企业，如横滨正金银行、台湾银行和日清汽船株式会社，都前往汉口英租界立足。汉口日租界是公认的走私、贩毒大本营。

这个租界因为比较偏僻，因此现在反而可以大规模的改造。1944 年 12 月 18 日，原汉口日租界地区被美军飞机轰炸成一片废墟。战后，原日租界大部分地区沦为贫民区。仅剩的少量建筑遗存，如三菱洋行、日本神社，于 2003 年的永清片旧城改造中被拆除。不过，长春街北端1—4号的4栋西式公馆建筑被保留了下来。列为保护文物或保护建筑的包括：原日本领事馆（山海关路2号）、原日租界军官宿舍（胜利街272号），以及1938年抗战初期与八路军、新四军有关的两幢建筑：八路军武汉办事处旧址（湖北省文物保护单位，长春街57号）、汉口新四军军部旧址（湖北省文物保护单位，胜利街332-352号，旧地名大和街26号）。

武汉长江二桥修通以后，位于桥头的原汉口日租界所在地区的商业价值得到提升。2006年，香港瑞安集团将其改造为上海新天地模式的武汉天地商业区，其中有9栋历史建筑被保存下来，引入新的功能。我因为金地项目去汉口的时候，特别去看了这个武汉新天地项目，还是很有氛围的。

租界内的城市规划、建筑设计，的确给我们很多启示。

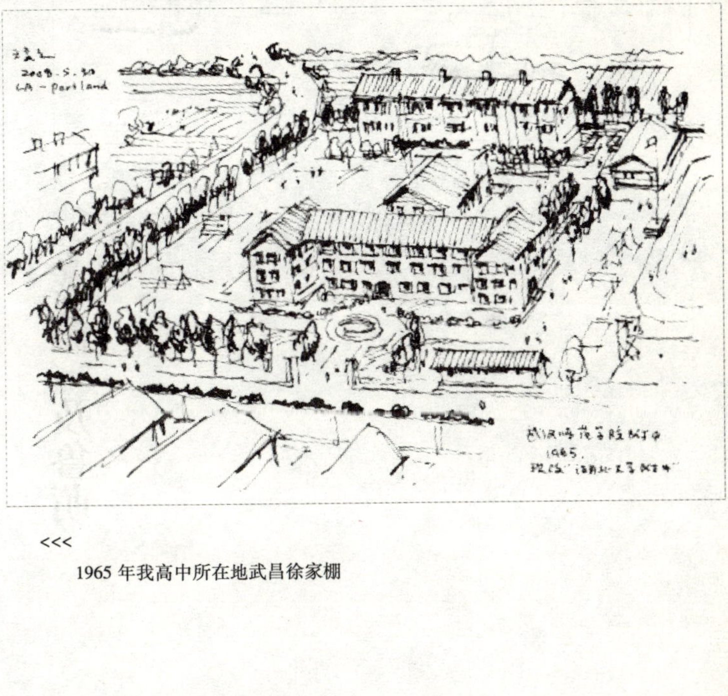

<<<

1965 年我高中所在地武昌徐家棚

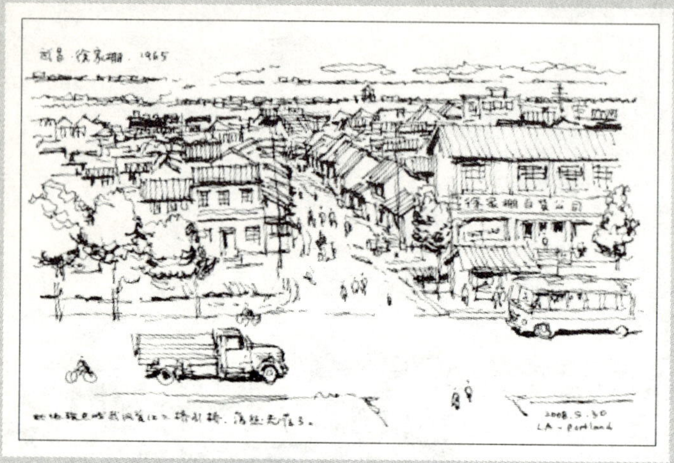

《金蔷薇》及鲁萌

写回忆武汉时期的文章，想起来真是好多好多的人与事，千丝万缕，我想还是从一个女同学的回忆谈起吧。

我的青少年时代中，经典文学在学生中很流行。因为当时的出版物不多，大家阅读对象的圈子也小，经典作品和“革命”两味，不看“革命”就看经典，看革命的是革命同路人，看经典就是“小资产阶级”。我自认自己背景不好，绝对当不了“革命的同路人”，因此“沦为”小资，也就放心的看经典了。那时候的经典文学和诗歌大部分是俄罗斯的，普希金、果戈理、屠格涅夫、陀思妥耶夫斯基、列夫·托尔斯泰，也有俄国革命以后的肖洛霍夫、阿·托尔斯泰的一些作品。因为我的父母在音乐学院工作，我也住在音乐学院里，从小受到经典音乐、经典美术的影响，而当时俄罗斯的作品是经典中的中心内容，因此，对这些文学作品的体会比较立体一点。比如看诗歌会比较喜欢玛雅可夫斯基，因为喜欢构成主义绘画，看小说会特别喜欢《战争与和平》，因为喜欢普罗科菲耶夫和肖斯塔科维奇。诗歌我接触得不多，是因为觉得诗歌完全是精巧的语言的构造，翻译之后，可能不是那个意思了。接触经典文学的时间朦朦胧胧的从初中开始，那是20世纪60年代初期，看归看，基本没有看懂，就是看故事而已。到高中之后因为自己读书多了，这些作品的形象也就清晰起来了，这样的阅读一直延续到1966年夏天，“文化大革命”爆发为止，停了几个月，除了“毛选”之外，什么都不敢看。到1967年夏天之后，全国陷入混乱，我们这些“逍遥派”各自做自己喜欢做的事情。我是画画，也开始偷偷的重看经典，那时候书很难找到，书店里是一扫而空，只有从朋友手头借阅。记得那些书都给大家轮着看，翻到书页都破碎、封面都没有了。阅读也开始跨越了单纯俄罗斯的作品，开始读经典的西方文学作品。这是后话。

我高中是在武汉师范学院附属中学读的，那个学校在武昌徐家棚，离开我住的湖北艺术学院（现在叫做武汉音乐学院）的家里有一段距离。从家里出来，要到彭刘杨路口坐几站汽车到长江边上的汉阳门码头，再坐16路公共汽车走好远好远，才得到徐家棚街口。徐家棚在当时是很偏远的地方，一直是个棚户区，破破烂烂的。武昌火车北站在那里，主要是调度货车，还有就是在长江大桥建成前过江的火车轮渡码头，学校在和江边平行的、去青山、武钢的公路南侧，前面是国家物资局的一大堆仓库建筑，学校躲在后面。而学校再南，就全部是菜地，菜地后面就是沙湖了。前几年我有事回武汉，抽了个空一个人跑去过那个学校看看，那是我离开学校接近40年以后了，校园基本没有改变，连我读过书的教室和我住过的宿舍也还在，只是外面兴建得轰轰烈烈，面目全非，我们从前从公共汽车站走进学校那条很安静的小路，现在成了武汉

<<<
1961年摄于武汉音乐学院（父亲从农场劳改回来）

长江第二桥的引桥延伸的部分了，学校也改了名字，因为武汉师范学院改成了湖北大学，因此附中也就改叫做“湖北大学附中”了。在里面一个人走走，没有人认识我，倒好像走回了历史隧道，在校园的小径上走走，法国梧桐的嫩叶婆娑，阳光透过树叶倾斜到地上，织造了一张舞动的图案，我朦胧中觉得自己好像走在1966年的7月份，突然想起巴乌斯托夫斯基的《金蔷薇》和鲁萌来了。

因为地处郊区，武师附中的学生成分比较清晰：大概三类人，第一是工人子弟，是附近的铁路机械厂、徐家棚铁路的子弟们；第二类是周边种菜的农民子弟，我们叫做“菜农”们，第三类是周边大学的子弟，比如水运工程学院、武汉师范学院，我是武昌城里的学院子弟，属于极为少的一类。之外还有少数市民子弟，汉口考过来的，因为学校远，因此大部分人都选择住读，这三群人背景不同，人以群分，小圈子里话肯定多一点点的。

1965 年前后的武汉师范学院附中，我上高中的地方，这个学校现在改为“湖北大学附中”了

我是 1966 届高三的，在高三（1）班，一个年级当时只有两个班，但是后面的年级招的学生多一些，好像高一就是三个班，学校教学建筑就一栋楼，三层，两端是教员办公室和图书馆什么的，其他都是教室，记得 1963 年进去的时候人不多，高一在一楼，高二在二楼，高三在三楼，后来学生多了，高三虽然还在三楼，其他年级的也上来了，学校也热闹多了。

当时我们的校长是个精致优美的中年女子，叫做鲁开先，个子小小的，说话带很明显的四川口音，是那种林徽音型的精彩的知识分子，举手投足，完全不像中学背景的人，倒很有高级知识分子的气质，我跟她没有讲过什么话，一方面是因为她是校长，我仅仅是个学生，莫说校长，就是班主任我都不多讲话，加上我自己习惯怕领导，在学校里面是一向躲着领导走的，因此对她一无所知，只是感到她的素质有些特别。直到“文化大革命”开始的 1966 年，才从学校里铺天盖地的大字报里面略微知道校长的背景，她的前夫是大诗人曾卓，因为在 1954 年莫须有的“胡风反革命集团”运动中被株连而逮捕劳改，她才改嫁，当时的先生是李成文，是武汉师范学院的党委书记，“文化大革命”中双双被斗争，吃了好多苦头。

1961年摄于武汉音乐学院（父亲从农场劳改回来）

鲁开先和曾卓有一女，叫做鲁萌，则是一个典雅、睿智、情绪化的美女，在学校里很出名，她低我两级，在高一（3）班。1964 年中国援越抗美，学校里演出活报剧，我看见她在舞台上赤脚演个越南女兵，引人注目。因此，学校里好多男孩子都跟着她转，大凡她去打乒乓球，总有一群男孩排队要跟她打。事实上鲁萌当时和我的一个最好的朋友、高我一届的一个男同学在暗通款曲，不过我是浑然不知而已。到“文化大革命”的时候，批斗她母亲的大字报上把这件事也揭出来了，因为那个男同学的父亲在政治上有污点，以此写大字报的人刻意要牵连到鲁萌，目的是往校长鲁开先头上泼污水，据说当时学校里面讲得沸沸扬扬的，我不怎么看大字报，也依然浑然不知。直到一天吃了晚饭之后，在走廊里，鲁萌主动过来找我，说这个事情，我才如梦初醒。因为怕直接通信落到其他红卫兵小组里会殃及她的母亲，她请求我给他们转递书信，出于友谊，我也照做了，自己觉得很对得起朋友的。

他们的书信很密，大概一个星期有一两封，我那同学在湖北沔洋农村劳动，因此需要我转寄，他们的信就寄给我，我接收和转交，倒是很秘密的，他们给我的信都折成很精致的三角形，我放在信封里面寄出，收到新信之后我再转交给他们。这段传递从 1966 年 7 月开始，大概延续到秋天，到 1968 年初，我的这个邮差的工作也就停止了。不过，这几个月中间鲁萌倒介绍我看了一些书，她借给我看几本她喜欢的书，其中一本就是巴乌斯托夫斯基（又翻译为帕乌斯托夫斯基，Konstantin Georiyevich Pavstofski，1892—1968）的诗集《金蔷薇》。因为印象深，并且是在一个非常特殊的时候借给我看的，因此现在看这书往往会想起她来。

鲁萌母亲是附中校长，而继父里是武汉师范学院的领导，生父在劳改之后也回到武汉，因此她的生活环境中都有好多书看，估计两边家里藏书不少，她因此很早就广泛读书，对文学、哲学有很独特的见解，思维敏锐而活跃，在我们那个时代的女孩子中间，是很少见的。我自认读书不少，但是比较偏食，希望作品具有历史背景，不是那么喜欢我当时视为过于抽象的文字。比较早改变这个阅读习惯的恐怕就是她给我看的《金蔷薇》这本书了。

1966 年夏天，大概是 8 月份，“文革”开始后的两个月左右，我去宿舍外面给鲁萌一封那个朋友寄来

<<<

1960年摄于武汉长江大桥（当时就读于武汉四十五中）

的信，我们事先说好的一个见面的时间，趁中午大家睡午觉的时候在学校一侧的一条小路上见面，因为怕人家看见，会追搜信件，所以我们每次都是匆匆忙忙讲几句话而已。那天鲁萌拿着一本不太厚的书，封面用牛皮纸包着，很整洁，说“这是一本很好的书，是我最喜欢的书，你看看。千万不要丢了！”说完取了信就走了。我晚上找到学校一个没什么人的角落，在路灯下看，那就是《金蔷薇》，是 1960 年国内出版的那个薄薄的译本，我在微弱的路灯下看那些文字，有种颤动的感觉，树影在书页上摇曳，而字也在眼前摇曳。那种色彩斑斓的文字是我不熟悉的，就好像看玛雅可夫斯基的诗感觉结构不熟悉一样，但是却是很撼动人心的。

在这以前我熟悉的俄罗斯文学思想读物很少，记得的好像是赫尔岑、涅克拉索夫、车尔尼雪夫斯基这些人而已，习惯了那种俄罗斯现实主义思想和革命热情的宣泄。这本书则实在极为另类，首先是它的文字实在是美艳惊人，看得我目瞪口呆，没有想过文字可以这样写的，好多年以后，我看宋安群先生写的新版《金蔷薇》序言的时候也这么说，“《金蔷薇》可以说是一部美文，题材很美，叙述得美，描写得美，即使翻译成中文，其文字之美也还能晰晰可感……这部作品写成于 1956 年，用散文诗的语言、小说似的铺叙，将文学劳动、接受美学、创作经验、名家创作情况等等内容，细声细气的娓娓道来。作品内涵相当丰富多彩，却没有反射出一丝炫耀才学之故意。阅读此书，使人竟有甜滋滋的快感。神妙如此，可见作者之功力。此书由于内容富于魅力，其文体之妙、语言之美，在有限的篇幅中容量如此之大，为文坛少见，因而成为极受读者欢迎、常印不衰的散文作品”。（漓江出版社 1997 年版“白熊丛书”总序）。

巴乌斯托夫斯基自己说过《金蔷薇》不过一部有关创作经验的札记而已，但是这本书在文学界的影响是相当巨大的。这是很令人震惊的一本文论集，这本书在苏联的出版时间是 1956 年，斯大林是 1953 年突然去世的，苏联对艺术、文化的严酷控制在 1956 年有些许松动，有人说当时苏联的情况是“封冻经年的大河主干那阴森发白的表情发生了变化，冷酷僵硬的面孔显出皲裂的痕迹，冰面渗出了微蓝的水汽，巨大的冰块开始松动并挪转，逐渐漂移，互相碰撞，轰响中冰

<<<
1962年全家福

块欢舞，势成壮观的凌讯。作为苏联独有的精神生态大转型的宏大而精微的杰出写照”，因此杰作在这样的松动中陆续涌现，爱伦堡的长篇小说《解冻》，和巴乌斯托夫斯基的《金蔷薇》就是这个时候出现的经典了。

《金蔷薇》并不是一部简单的诗作，它被称为“关于作家劳动的札记”，是用清新的文字写就的“抒情的文艺理论著作”，它表面上看，是关于艺术创作的感想，但它还不仅仅是创作上的思索和启发，但是这本书洋溢着一种诗意的浪漫，一种生活的哲学的信念。我看到有个学者在评论这本书的时候说：“它使我们已然开始接近一种我们的民族文化根本缺乏的宗教品质，秉有这种品质，才会拒斥那种自恃与天同一的狂妄，秉有这种品质，才会理解俄罗斯文化中与被钉死在十字架上的耶稣一同受苦的精神，秉有这种品质，才会透过历史的随意性，从存在论来看待自己的受折磨的遭遇。”我想这就是为什么这本书在我们这代人中间会有这样的动撼的原因了。

比如在《金蔷薇》里评价另一位诗人普里什文的时候说："普里什文的一生，是一个人摆脱环境强加于他的一切非他所固有的东西，而只'按心灵的意志'生活的范例。这样的生活方式体现了最健全的理智。一个'按心灵'，按内心世界生活的人，永远是创造者，是造福于人类的人，是艺术家。"

反复看看这本书，你可以看到巴乌斯托夫斯基提倡要做一个"按照心灵的意志生活的人"，透过一片秋叶，青草地上的一滴晨露，湖面上泛起的一轮涟漪，发现其中无穷的诗意的人，才能真正做到按照心灵的意志去生活，才能真正具有善良与豁达的胸襟。40多年前，我们读到这本书感到震撼，就是我们认同这样的他，但是读知道这样的生活理念在当时的中国是可望而不可即的。我可以说自己很喜欢他的作品，其中的原因之一是他给我昭示了一个我不可能享有的理想境界，起码让我知道是可以这样生活的。

巴乌斯托夫斯基在苏联和中国都是被官方可以漠视的，因为他的这个思路实在和意识形态格格不入了。一本薄薄的《金蔷薇》带给人们的精神慰藉是弥足珍贵的。在艺术与自然中求得生命的完美，这是巴乌斯托夫斯基的心声。这种声音虽然会湮没在狂热的政治激情中，但也会回荡在人们心灵的深处。我们记得刘小枫在他的随笔《重温〈金蔷薇〉》中回忆道："每一

<<<

1977年夏摄于北京

代人大概都有自己青春与共的伴枕书。我们这一代曾疯狂地吞噬着《钢铁是怎样炼成的》和《牛虻》中的激情，吞噬着语录的教诲。谁也没有想到，这一切竟然会被《金蔷薇》这本薄薄的小册子给取代了！我们的心灵不再为保尔的遭遇而流泪，而是为维罗纳晚祷的钟声而流泪。”也许，巴乌斯托夫斯基属于40岁以上的那一代人。也许，只有经历了伪理想主义的灼伤和精神匮乏的磨难后，才会真正理解什么叫诗意，什么叫情感的默默祝福。

相比较于许多受难者的写作而言，巴乌斯托夫斯基不渲染悲怆，他专注地把自然、人性、情感之美放在了永恒的位置上，他热爱的是能够灵巧、熨帖、天然地表现这种美的所有细节：

薄冰下的气泡

夜晚树梢黝黑的枝条

在隐约星光中闪烁的雪
淋雨后在毛线衫上动起来的草籽
风中树叶银色的背面
讨食而自尊的小狗
小姑娘蓝色的揉皱了的发带
狡黠女性睫毛下一闪的流盼
……

《金蔷薇》的第十六章《夜行的驿车》是一篇“安徒生的故事”。以安徒生在意大利从威尼斯去维罗纳的旅行经历作为叙事内容，字里行间布满了有趣的细节和生动传神的对话，是对安徒生之爱的爱。它的完整和优美，它的叙述速度和感染力，都无比自然和畅达，它是一部短篇杰作。上路前是在威尼斯旅馆一带的场景性细节，氛围的营造和人物特征的抓取生动准确得简直令人不可思议。路上及在维罗纳的部分，主要以对话展现每个人的出身、性格和内心活动，光的明暗在其中起到了左右故事情节进程的神奇作用。

巴乌斯托夫斯基书中的安徒生的生平和阅历以及他的荣光，就是一部童话。严峻、芜杂、不如意的生活际遇完全可以当作夜行驿车里的幽暗，这时候，童话精神才会发出温暖甚至明丽的光线，美好人性的顽强才能显现翻山越岭的奔头。

《夜行的驿车》之外，每当涉及软弱和倔强、诗与

1974年洪湖工艺美术工厂职工在北京

童话、尊严与温柔、迁移与留驻，巴乌斯托夫斯基总忍不住要谈论安徒生。其实，从心仪和钟爱的程度上看，安徒生已经成了巴乌斯托夫斯基的内在精神的镜像，甚至就是他自己。

正是在这样的意义上，《金蔷薇》是一本关于文学创作的童话集。而文学艺术，又何尝不是广义的生活和生命的童话？俄罗斯时期文学大师们都以个人对艺术和人格的虔敬和对国家民族的赤诚，支撑着俄罗斯文学始终不曾塌陷的高峰。比如帕斯捷尔纳克，他的《日瓦戈医生》在国内备遭意识形态的严厉批判，获得诺贝尔奖的消息传回来，苏联政府的回答是：领奖可以，但领奖后不得回国，但是帕斯捷尔纳克的最终选择令人肃然起敬，他在这样的时刻放弃了以“流亡者”身份博取更大的国际名利的机会，他没有走出俄罗斯半步。艺术、人道、尊严、爱意、祖国……这便是俄罗斯文学大地的恒定性，是《金蔷薇》这种无与伦比的美文必然要在俄罗斯诞生的底气。

最近看见有些评论家和研究家说巴乌斯托夫斯基受勃洛克、普里什文、叶赛宁和蒲宁影响，有的说既然有了蒲宁，何必有巴乌斯托夫斯基，我倒不这么认为，思想上的相互影响没有什么问题，而写文论的人，各自有自己的空间，否则怎么有文化的多元性呢？

《金蔷薇》给我很大的震撼，也因为缺乏类似的作品，那个印象则更加深刻了。好多年以后，想起这本书，我又买了新版，放在广州的书架上，有时候翻阅一下，还是喜欢的。

说回鲁萌吧。“文化大革命“我们的命运都颠沛流离，1967 年春天我偷偷爬货车去北京，鲁萌和肖帆是和我们几个人一起去的，也住在英家坟的同一个招待所里，呆了一个多月，回到武汉之后，经历了“7·20”事变前后天翻地覆的变化。1967 年初期，华中工学院有个学生叫做鲁礼安，写了一篇热情洋溢、文字煽情的大字报，他的那个小组织好像叫做“北斗星学社”，这张大字报在湖北大学校园里贴出来，轰动武汉，好多人站在那里抄写，并且转抄成大字报张贴，一时间到处流传。我当时在这个大学后面的武汉外语学院帮着画红卫兵宣传画，那时候是两个大学公用一个校园，鲁萌跑来找我，说介绍我去见见这个鲁礼安，她说这个人绝对是人才，我就去见了，讲了一会儿话，都是他讲，我在旁边听，好多红卫兵“粉丝”围着，

1973年工人合照

讲的什么现在没有什么印象，当时说了些什么也忘记了。但是我寻思鲁礼安的观点对鲁萌和肖帆在思想上更加走向反“血统论”、主张民主化有很大的影响，他们两个随即发表了一些具有这类涉及反血统论、提倡初期的民主的独立意识的言论和文章，这些言论终于在1968年导致他们两个给打成武汉的所谓“反革命集团骨干分子”，属于莫须有的“北决扬集团”（这是一个当时被武汉的“文化大革命”领导势力设法和北京的“五一六集团”联系起来的说法，这个名称分别是“北斗星学社”、“扬子江评论”、“决心把无产阶级‘文化大革命’进行到底兵团”三个学生小组织的缩写），并被押送到鄂西北山区监督劳改达5年之久。估计吃了好多的苦头，而那一年，我也下乡了，也因为那几次见鲁礼安，我也在农村受到清洗和批斗，说老实话：我自己到现在也懵然不知道自己做了些什么，在农村被关进学习班半年，当然自那之后大家音信全无。

我在一个工艺美术工厂做了6年的设计，之后考回大学，并且在1979年进了武汉大学历史系的美国史研究室读研究生，而鲁萌据说在平反后去了湖北西部山区的郧阳师范学校工作，估计肖帆也在那里工作，但是具体情况我不清楚。“文化大革命”结束之后，肖帆也考进武汉大学，在武大的经济系读研究生，鲁萌则在同年考入华中师范大学，攻读欧洲文学史研究生。武大的研究生当时都住在桂园，我见肖帆的时间比较多，也偶然见到鲁萌，她是从华师过来，到武大和好多朋友谈问题，那时候她在武大的朋友多了，我看她比较多打交道的有哲学系的黄克剑，中文系的程亚林、易中天、邓晓芒、陈家琪、陈宣良，经济系陈志龙，还有张志扬，湖北省美术学院的尚扬、皮道坚，省社科院的黄忠晶等人。我记得第一次再见到她，是她到我隔壁的程亚林宿舍那里和他们聊天，听说我在，突然推门进到我的宿舍，那是我和她在1967年之后第一次见面，时隔十多年了，我看她没有什么变化，还是那个脾气，说话直率，思想跳跃。我问她在研究什么，她说“皮尔·金特”，我因为从小听挪威作曲家格里格的交响诗“皮尔·金特”，对易卜生的这个作品有所了解，说好啊好啊，你去找格里格的作品听听吧。因为大家做的研究方向不同，好多事情也就谈不到一起了。不过她离开的时候，我对她说：“谢谢你的《金蔷薇》啊!”大家都还记得那个1966年浓荫夏天的故事，大家都没有再讲什么，她会心一笑，一阵风似的走了。

1994年，鲁萌调入海南大学社会科学研究中心，历任副研究员、研究员，做社会伦理思想研究，也做外国哲学方面的研究。她受巴乌斯托夫斯基的影响之深，我是从她的书里面看到的。比如《升腾与坠落》(1989)、《人与命运》(1990)、《临界的倾听》(1995)、《断裂的声音》(1996)，直到《情绪与语式》(2001)等，基本是《金蔷薇》的方式，不是严谨的研究，而是自己体会、情绪、感受的融合，因此如果你要分类，她的这些书很不容易归类。她自己在好多场合还是把自己归纳于“诗人”的。

巴乌斯托夫斯基享年76岁，1968年7月14日逝世于莫斯科，遗体安葬在塔鲁萨市他自己的别墅里。葬礼举行的那一天，市民们倾城而动，这位备受爱戴的作家赢得了应有的尊敬。“大地就是一座宝库，里面保藏着许多像这些星星的金色睫毛一样的宝物。我相信，生活为我们准备了许多迷人的事物、会见、爱情和悲哀，欢乐和动荡，我青年时期的伟大幸福就包含在这一预感之中。”他用心17年写成的六卷本散文体自传性长篇小说《一生的故事》，新近已经有了精美的中译本。他说，《金蔷薇》就是《一生的故事》，就是《一生的故事》的一部分。这里的深意是，他自己一生的感情和道德要求始终就是《金蔷薇》式的纯洁深厚之爱。

“文化大革命”结束之后，《金蔷薇》出版了好几次，其中最早的是上海译文出版社1980年9月新1版，译者李时。版权页上有“内部发行”字样，在表明印数的下方还有五个代小括号的小字“原上海文艺版”。我猜想五十年代流行的大概就是这个版本。之后是百花文艺出版社1987年6月版，译者戴聪。书名不是《金蔷薇》而是《金玫瑰》。有个叫做“默默”的作者在《读书》杂志为这个译本所写的书评式的随笔，文章的副标题是《重读〈金蔷薇〉》。跟着后面就是我上面提到过的漓江出版社1997年3月版，译者李时、薛菲。同百花版相似，以巴乌斯托夫斯基晚年修订的俄文版为依据，除了上海译文版已有的译文篇目之外，数量不多的扩充部分由薛菲补译，这是目前比较多见的版本了。

鲁萌年纪比我小几岁，性格像个孩子，她总是很乐观，计划多，并且很富于创意，见到她总是有好多新的计划，在我心中是一个好像巴乌斯托夫斯基那样“按心灵的意志”生活的人。我自从80年代毕业之后，仅仅见过她一次，大概是在1996年，非常偶然在深圳大学见到的，大家都忙，就站在路上讲了几句话，从此就再没有见到了。之后断断续续知道她的工作发展，知道她和丈夫去了海南，一个活泼的人，精神和身体都很健康的人，完全不知道她居然会患上绝症。熟悉她的人告诉我说她是得了脑部疾病，发现的时候是在2006年了。在医院治疗了好多个月，化疗电疗，很折磨人，据说人的模样都变了，她的生存意志力很强，一直在病床上计划病好要做的事情，但是终于不敌疾病，在2006年8月12日撒手人寰，她的去世，我依然浑然不知，之后一个月，突然有个朋友打电话告诉我，那时她的家人和朋友已经给她开过一个低调的追悼会了。参加的人有好多她的好朋友、学者，包括周国平、徐友渔、靳希平、陈嘉映、梁治平、何怀宏、朱正琳、许医农、于奇、尚扬、李世南、赵越胜等。接到这个消息后，我静坐在书房里想想《金蔷薇》，想想鲁萌这个人，十多年前见到她还想说退休之后跟她请教巴乌斯托夫斯基，她却突然静悄悄地走了，人生短暂，一阵青烟，来也匆匆，去也匆匆啊！

珞珈樱花

因为父母的工作关系，我在童年时代就跟着他们从广州搬迁到武昌，在武汉度过了我的青年时代，对这个城市是很熟悉的。

说到武汉，恐怕一般人对它的气候绝无好感，好像重庆、南京一样，是著名的“火炉”，夏天炎热无比，冬天则是滴水成冰的冷，春秋都很短暂，是个不容易产生好感的城市，这点，连武汉人自己也都承认的。至于说到武汉的骄傲，我看一个是它的城市里有个比西湖还要大的东湖，景色宜人，再就是有一个绝对壮丽的武汉大学了。

我是武汉大学毕业的老研究生了，在武汉大学校园里度过了好几个春秋。研究生当时集中住在“桂园”，虽然称“园”有点夸张，但是秋天满园桂花的幽香则是令人无法忘却的。到了春天，珞珈山上那片好像轻云一样的樱花绽放的时候，整个学院就有一种近乎神话的粉色，洋溢在春天的阳光里，也渗透在春天的雨丝里，在落樱缤纷的小路上走走，心里的感觉是虽然有严酷的冬天和煎熬人的夏天，就为了此时此刻的春意，也就值了。我毕业之后好多次在国内和海外遇到去过武汉大学的人，对学院的水平自然说法不一，但是有一点大家几乎是异口同声的，就是：武汉大学是中国最美丽的大学。的确，我去过的大学也不算少了，国内的院校如果比风景、位置、和建筑氛围，武汉大学的地位肯定是顶级的。珞珈山衔着东湖，宏大的民族现代建筑散落在树林中，校园内高大的法国梧桐树比我在法国的凡尔赛看到的毫不逊色，春天里樱花盛开，给珞珈山抹上一层淡淡的粉红色云彩，到哪里去找这样美的大学啊！

这个学院的设计和建造，虽然国内从来不宣传，其实代表着中国现代建筑进程中的一个辉煌时代：寻找现代化和民族化结合的可能性，并且这个探索相当成功。1920—1930 年间，国民政府提倡"中国传统固有形式"的城市规划和公共建筑设计，这个运动在中国当时的积极作用是显而易见的，在这个公共建筑探索民族风格的风气时期，国家投资建设的武汉大学的设计采用民族形式和现代建筑结构，就是顺理成章的了。

武汉大学的规划和设计，是探索中国传统建筑和现代功能结合的高潮中的产物。这个大学占地 200 多公顷的校园，因山造势、近取其质，远取其势，校园园林化达到接近完美的水平，整体性和建筑形式的多样化也是近现代中国建筑中少见的，设计师是美国的卡尔斯（F. H. Kales，早期翻译为"开尔斯"）和沙奇斯（R. Sachse），其中科学会堂、大图书馆、学生斋舍、体育馆、工学院等，都早已经建成，使用了多年，现在看看，还是非常杰出的作品。当然，以现在的需求来看，大图书馆下面依山而造的斋舍的通风是不够好的，需要空调解决，图书馆、科学会堂也都觉

<<<
1976年摄于大连淑君纪念碑

得不够大了。但是回溯到校舍建成的1931年来看，应该是完全可以适应武汉大学当时的需求的。

我查资料看大学设计和建造的历史，可用上溯到80多年前了。1928年8月6日，国民政府大学院聘任李四光、王星拱、张难先、石瑛、叶雅各、麦焕章为国立武汉大学新校舍建筑设备委员会委员。委员长李四光是地质学家，秘书叶雅各是林学家，对武昌郊外的地理环境比较熟悉。叶雅各认为“武昌东湖一带是最适宜的大学校址，其天然风景不唯国内各校舍所无，即国外大学亦所罕有”。经全体委员实地考察后，1928年11月确定以武昌城外风景秀丽的东湖之滨，远离闹市的罗家山（又名落驾山）、狮子山一带为新校址。依据了国外著名大学校园的理想模式，也符合中国传统文化中“仁者乐山，智者乐水”的选址理念。李四光和叶雅各推荐开尔斯（F. H. Kales）担任新校舍建筑工程师，并赴上海邀请来开尔斯。开尔斯实地考察后，认为这一带山丘坡缓且水源充足，山石、泉水、湖水均可利用，各项建筑依山而建可节省地基及石料，遂赞同以罗家山为校址。后闻一多将其改名为“珞珈山”。狮子山那个地点则在新中国成立后建成了华中农学院。

1929 年 3 月，由于珞珈山及其附近都是荒山田野和羊肠小径。经学校函请湖北省建设厅，开始修筑连接街道口的专用公路，但因修路迁坟触犯了一些坟主的孝亲观念，他们便联合起来向湖北省政府请愿，要求其出面制止。于是，省政府以武大新校舍占用民地过多为由，要武大停止建设，另寻新校址。同月，代理校长刘树杞因事务繁忙而辞职。于是教育部任命王世杰为武大首任校长。5 月上任伊始，他便致力于珞珈山新校址的圈定、勘测、规划以及新校舍的建设工作。与叶雅各先生一道，率数十名民工于一夜之间将所有挡路坟墓全部挖掉，造成了不可变更的既成事实。坟主们虽将此事闹到了中央，但也于事无补，这段宽 10 米、全长 1.5 公里的公路最终还是按照原定路线完成，于 1930 年 2 月通车，命名为大学路。他还特邀省府有关人员亲赴珞珈山现场考察，一致认为此地风景优美，有山有水，在此建校，启发文化，对武汉居民特别有利。

我最早去武大校园应该是在 1957 年前后，那时候这条路还在，入口处是在街道口这个位置，有个上书

<<<

武汉大学行政大楼

“国立武汉大学”的石牌坊，这个牌坊一直到“文化大革命”之后，因为周边不断开放，不得不搬迁到校园里面，就是现在看到的新位置了（武汉大学旧牌坊仍在街道口原处，原武汉大学新校门门口的牌坊为复制品，编者按）。说起这座牌坊，老武大人还常津津乐道地讲起关于历史系吴于廑老教授的一段故事：那是在抗美援朝期间，学校师生欢送参军的同学赶赴前线，欢送会就在这座牌坊下举行，吴先生发言时，顺手指着牌坊上的大字，反向朗声诵出“学大汉，武立国!”一时欢声雷动，群情激昂，而且几十年来一直传为佳话。

1930年3月18日武汉大学的设计组开始勘测规划，学院的主轴线为李四光勘测所定。缪恩钊带领助手沈中清及另外4名测工开始新校舍的测量绘图工作，经过5个月的艰苦努力，按时完成勘测任务。

据说总设计师卡尔斯构思图纸时，常常在山上一站就是数小时，半年后完成了总设计图。8 月，省政府公布校园红线，东以东湖滨、西以茶叶港、北以郭郑湖为界，南面自东湖滨切至茶叶港桥头，总计面积三千余亩。学校用七块银元一亩水田、五块银元一亩山地的价格买下校舍用地。罗姓山主开始不愿舍弃自己的“风水宝地”，时任省政府建设厅厅长石瑛亲自上门说服动员。当时山上葬有很多祖坟需要迁移，百余名坟主以新校舍破坏风水为由而阻碍新校址的圈定和校舍建设，甚至要纠集乡民跑到王世杰老家挖其祖坟，省教育厅厅长甚至唆使人在工地闹事。王放出一句话：“祖坟你尽可以挖，珞珈校舍一定要建。”国立武汉大学筹备委员会委员曾昭安按王世杰的示意，组织教授会向教育部力争“像珞珈山这样的好地方，应该建校，无论哪个总统、主席也阻止不了”，结果获准。石瑛也积极支持王世杰，以“建校乃千年大计，不要迷信风水”严厉地驳复了反对迁坟者。

1929 年 10 月，建筑设备委员会正式聘卡尔斯为新校舍建筑工程师，同时通过总设计图，此外还聘有阿伯拉罕·列文斯比尔（A. Leverspiel）和石格斯（R. Sachse）为助手。另聘卡尔斯在哈佛大学的同窗好友缪恩钊为新校舍监造工程师、工程处负责人，负责施工技术监督及部分结构、水暖设计。在他严格认真的技术监督下，保证了这些工程的施工质量，主体结构至今仍坚固完好。工程分别由汉协盛、袁瑞泰、永茂隆

<<<

巍峨的武大图书馆

等营造厂及上海六合公司承建。

1930 年 3 月新校舍工程开工。汉协盛营造厂老板沈祝三坚信“质量就是根本”，要求武大工程均着眼于保固期百年以上，进料选优质材料，处处严格检验把关，即使在他遭到双目失明的沉重打击后，仍坚持主张双方均派工程师及监工随时监督检查质量。施工中一旦发现问题，则不惜代价，返工重来。

1930 年 5 月，60 岁高龄的卡尔斯在上海病倒，病中仍坚持工作。1932 年 3 月 7 日，王世杰校长在新校舍礼堂里讲演时说：“在这里我们最要感谢的是卡尔斯先生，他可以说是一个艺术家，他不计较报酬，而完全把兴趣寄托在艺术方面……他给予我们的帮助实在大得很！”

为感谢和纪念卡尔斯对新校舍建设的贡献，武大授予他名誉工程师称号。沈中清后来也成为武大建筑设计室第一任室主任。1932 年 5 月 26 日，王世杰在珞珈山新校舍落成典礼上讲："十二年前，我和李四光在回国途中曾经设想，要在一个有山有水的地方建设一所大学，今天这个愿望实现了。"最后指出："本校的工程，尚只完成一半，此后需要中央及地方的指导与帮助。我们的建设不仅是物质的建设，还有最大的精神建设，无论在学术建设方面或文化事业方面，我们都在努力。请大家看看我们所走的路是不是中华民族的出路，是不是人类向上的路！"同时，王世杰与叶雅各亲自带领师生在珞珈山造林，半年植树 50 万株，使园林化的校园里中西合璧的建筑群更为秀美壮观。1933 年，一期工程完工后，曾昭安组织编印了《国立武汉大学建筑摄影集》，含有 41 幅精美照片。

我在武汉大学好多年，经历了好多事情，有开心的时候，也有不得意的时候，但是这个校园却从来没有让我有过一分钟的失意，总是那样美好，珞珈山上就好像森林一样，当时他们种的 50 万株树苗，现在全部是参天大树，特别是夹道的法国梧桐，好像华盖一样的辉煌，全国也少见啊！

我手头有武汉大学的建造总价表，按照当时的水平，国家投入是巨大的：一期工程耗资 150 万银元（因通货膨胀，实际耗资 170 万银元），中央政府与湖北省政府各支持 75 万银元，李宗仁拨款 20 万银元资助；二期工程，中央政府和湖北省政府又各支持 75 万银元。余下部分，由委员们通过各种渠道筹得，如中

武汉大学校园风貌

英庚款、汉口市政府、湖南省政府、中华教育文化基金会捐资等，总计400万银元。

一期工程（1930年3月—1932年1月）包括：文学院、理学院、男生宿舍、学生饭厅及俱乐部、教工第一、二住宅区、运动场、国立武汉大学牌楼等共13项；

二期工程（1932年2月—1937年7月）包括：图书馆、体育馆、华中水工实验所、珞珈山水塔、实习工厂、电厂、部分生活用房、法学院、理学院（扩建）、工学院、农学院（未竣工）等共17项；

未完成工程：医学院、大礼堂、总办公厅因经费不到位未建。

日本占领武汉的时候，把占领军总部放在武汉大学，因此这个校舍群完全没有遭受破坏；战后复学，新中国成立后依然叫做武汉大学，经过二十来年，树全部都大了，虽然1953年学习苏联体制的院校调整，把武汉大学的好多学院分出去独立成了部属院校，诸如武汉水利电力学院、武汉测绘学院、华中农学院、华中工学院等，校本部依然如故。

经历了半个世纪的春秋，到1990年代扩招、兼并周边院校的疯狂膨胀，武汉大学的校园、建筑才第一次让我感到危机，新的、丑陋的巨大建筑开始在山坡上好像炮弹一样迸出来了，武大的那种含情脉脉的樱花云、梧桐林荫道就逐步退出了主要的氛围，学校也就仅仅是个学校了。我住过的桂园也景物全非，而每年樱花开放的时候，校园里游人多到需要买门票控制，也是我自己越来越少回去的原因了，因为怕美好的记忆会给破坏了啊！

2008年10月25日，于洛杉矶。

第三辑　走进美国

>>>

<<<
庞大到有点不像话了的洛杉矶道奇球场停车场，占据了整整一个山头。

了解美国

来美国工作和生活已经20多年了，美国是一个很大的国家，地区差异很大，要深入的了解这个国家，很需要一点时间，就好像要深入看中国一样，跟旅游团肯定是不行的。

从我自己的体会来说，要深入看看美国，最好的办法就是开车走。美国的公路系统异常发达，并且全国如此，这点倒是托艾森豪威尔总统之福了，据说他在第二次世界大战期间担任美军欧洲战区司令，亲眼看见希特勒在战前建造的高速公路，在德国叫“autobahn”，他不由自主地说：如果美国也修建这样的公路，能够快速调动机械化部队有多好啊！因此，他在1950年代当选美国总统之后，从战略角度出发，启动了州际公路计划，从那时一直建造到1990年代才基本完成，使得全国高速公路成网，四通八达，就是西部的莫哈维沙漠里面、洛杉矶山脉上面，也都有高速公路，美国不叫国道，叫“州际公路”，英语称为“Inter state”，你在美国开车，看见路牌上是红色、蓝色盾牌形，上面有这个字眼的就是这个项目内的公路，东西走向用10号代表，从杰克逊维尔到洛杉矶的圣塔莫尼卡是最南的10号，从下往上，最北面的是从西雅图到波士顿的80号，一共8条；南北走向用5号，从太平洋海岸的5号，也就是从西雅图北面加拿大边境开始，一直到最南边圣地亚哥的墨西哥边境为止的是5号，这样一条一条排到东部，从美国最东北的加拿大边境一直到佛罗里达的Key West尖端，是95号，一共9条，这样组成第一张公路网，因为是战略公路，都可以当战斗机机场使用，联邦政府、州政府和地方政府继续在这个网上面加高速公路，密如蛛网，沿路都有城市，就是没有城市，加油站、酒店和汽车旅馆绝对是有的，只要你的车不抛锚，开就是了。

美国没有城乡差别（如果有的话，就是城市中还有低收入区，特别是美国联邦政府“都市和住宅部”建造的那些照顾穷人的低收入住宅区（low income housing projects），蛇龙混杂，非常恐怖，而农村则是比较平均的富裕区而已），交通方便程度，难以想象，现在国内也在大建国道，某些地区，珠江三角洲的公路网好像和美国的差不多了，其实有一点不同，就是我们的路全部要收费，而美国的路，除了东部地区少数早年集资建造的之外，基本全国都不收费，因此他们叫高速为“freeway”，不是可以自由开的路，而是说不要交费的公路的意思。这点，我们相比就难啦！加拿大后来也沿用美国标准，做了好的公路，不过加拿大位置太北，因此基本的主要公路都是在美国边境一线上的，并且也和美国州际公路对接。我在北美生活工作了20年，但是如果说要我写写美国，我倒是不知道如何取舍才好。就好像要我写本关于中国的书，千言万语，反而没有下手的地方了。

我最早看美国，还是自己开车走的。1987年买了

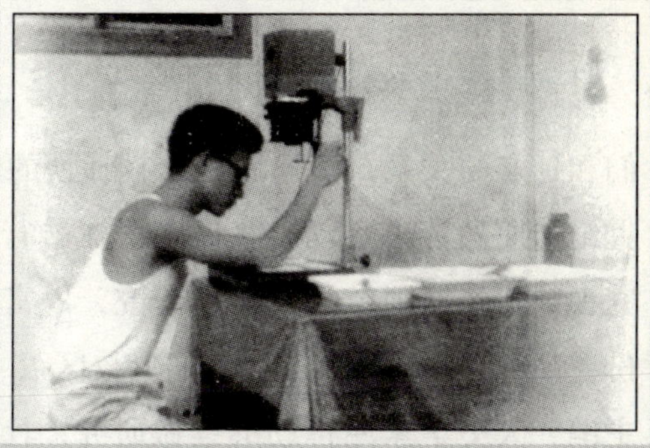

在舅舅周令召家中冲洗照片

辆二手小车，一个人从费城开到东北部新英格兰的麻省西部的一个小城市 Lenox，去看一个读研究生时认识的美国老师，回程去了波士顿、上纽约的西点，第一次开车，感觉是自由自在，好开心。后来大约在 1988 年春节前，我辞退了宾夕法尼亚州立西切斯特大学的教师职位，到洛杉矶帕萨迪纳的“艺术中心设计学院”任职。搬家本来是很容易的事，但为了多了解美国，我决定开车横跨美国大陆，主要还是想看看美国的纵深。因为一个人开车走这么远怕太孤单，当时就约了在武汉大学研究生院时候的老同学韩铁一起去，从费城开车纵贯美国，到佛罗里达的最南部，再顺着“佛罗里达高速”开到杰克逊维尔，顺 10 号州际公路（interstate 10）去洛杉矶。

我和韩铁一起读研究生的时候都是学美国现代史的，我的研究主题是二战期间的中美关系，讲具体一点就是美国和国民党政府之间的关系，加上谢伟斯他们和延安的关系，史迪威使命；韩铁的专题是美国20世纪初期的劳工运动。我后来毕业转行做设计史论研究去了，韩铁则继续自己的研究，以富布赖特学者身份，当时在威斯康星大学麦迪逊校区跟《大西洋月刊》主编、大史学家库特勒继续做研究，杜邦公司有个企业研究所在德拉华州的威明顿附近，他在那里看了半年的档案，我在附近的西切斯特的宾夕法尼亚大学西切斯特校区教书和做设计理论方面的研究，两人住得很近，因此我经常在假期开车去看他，我们共同的恩师、武汉大学当时的副校长、大历史家吴于廑先生的大儿子吴遇当时在附近马里兰州的约翰·霍普金斯大学研究美国贸易，因此经常大家在杜邦研究中心聚会，研究中心在一个非常美丽和幽静的森林公园里面，周末就我们三人，韩铁调杜松子酒，开心得很。因此当我说想开车穿越美国时，他第一个说要参加，就这样我们开车上路了。

记得是开到德克萨斯的圣安东尼尔之后，车有点问题，开不快，德克萨斯州以圣安东尼奥为分界，东边是肥沃的农田，也有大城市，好像休斯顿、达拉斯、沃斯堡这类，而走过这些城市，西部就全部是荒原了，开车几个小时不见人烟是非常正常的，那种空旷的感觉，大概在西藏还可以找得到。那里离开洛杉矶还有上千公里的路程，还要经过新墨西哥州、亚利桑那州和加利福尼亚州才到，远啦！我的小车在高速路上好像老黄牛一样慢吞吞的，非修不行，那可是方圆百里无人烟的地方啊！幸运得是，我四处张望时突然看见远远的旷野中有几栋房子组成的一个很小很小的村落，好像有个破破烂烂的加油站，在美国，如果有加油站，一般都有修车的地方，因此赶紧从高速公路开下去，那段路是没有铺柏油的土路，一般是给牛走的，一路上走的烟尘滚滚，摇摇晃晃，开到村子里，完全是西部电影中那种牛仔城镇，木屋几十栋，街上空无一人，理发铺、加油站、水塔、客栈、银行、市政府一字排开，街头有个小酒店，一个旧风车在咿哑咿哑的转动。我走进小酒店，突然发现大概全镇的男人都在那里，全部牛仔打扮，看上去粗野高大，看我的眼光好像我是火星人一样，我大概是1840年代淘金热之后到这个小镇的第一个中国人了。大家无语对视了半天，最后有个牛仔问了句“what's up?”我回答说车有问题，他一声不吭就走出酒店，帮我检查，很快就给修好了。也没有收我钱。这些人看来粗野，其实心地很善良和耿直的，是真正的美国西部汉子，美国人叫他们“red neck”，是因为他们脖子老是被太阳暴晒，因此都是红色的，有些贬义的意思，其实red necks还是很忠厚的好人。那段经历，我现在还历历在目呢！认识美国，好像从那时才开始。

看书去认识美国，肯定不是那个美国，何况有关美国的书籍简直太多太多了，汗牛充栋，不胜枚举，就算是缩小范围，看看比较权威的有关美国设计的书籍，也会有点无从下手的感觉，这是了解其他国家的设计的时候从来没有过的情况。这个国家实在被研究得太彻底了，而他们自己的学术界、新闻界也基本上是在底朝天地研究自己，应该说几乎所有应该研究的方面都有人做了，并且不止一个、几个人做，而是一个又一个的研究中心在做，所以，我一直迟迟没有写什么关于美国的文章，就是怕写得不好，写得肤浅了。

好多年前，好像看过一句话，说那些来国外走马观花个把两个礼拜的人，回去就写了《美国观感》，那些来了几年的人，就敢写北京人在纽约、上海人在洛杉矶之类的东西，来了十年上下、在这里工作过的人，就敢写在美国当律师、在美国当建筑师之类的书，但是当你住到20、30年以上的时候，你反而不太敢写东西了，原因是你懂了这个国家，知道深浅，不是那么容易写的。我很赞同这句说法。因此看见什么《北京人在纽约》这类的书，还有那个"北京女人"在描述什么在"自己位于曼哈顿的办公大楼"看外面的摩天大楼的得意感觉的时候，我心里知道，其实谁都可以说这句话：在曼哈顿租个办公室，不是那么牛的事情，陈丹青的画室那时不也在42街吗？两个画家合租，一个月当时好像也就是千把两千块钱的样子，就这样，他也可以说"我在我的曼哈顿摩天大楼的画室中望出去，看见树林一样的高楼大厦"云云，他没有这样写，是他懂了纽约的深浅。

我因此就这样开始用随笔的方式写，记得多少写多少，没有什么明确的目的，就是写自己看到的，记得的，希望能够慢慢积累起一些记忆来，因为再不记下来，恐怕就忘记了。

<<<

1900年的纽约莫尔波利街，马车当道。

车上的生活

在美国，除了纽约这样几个少数的“老城市”之外，人行道上是很难见到行人的。这种情况，越到西部越甚，特别在加利福尼亚、洛杉矶这样的地方，“正常人”简直是不走路的。这就是所谓的汽车文化最极端结果：人人开车，城市不是人走的，是给车走的。美国人爱车到了抓狂的地步，基本成了半人半车的怪物。一个 3 亿人口的国家，有 3 亿部汽车；洛杉矶 1100 万人，登记注册的汽车就有 1300 万辆，车比人还多，简直有些荒唐。

美国人和车的关系，是从 1890 年代汽车生产实现批量化的时候开始的。汽车在这里成了通俗文化的内容，成了价值观的内容，成了美国梦的重要组成部分。美国边疆精神中，怎能少得了汽车。

美国人之所以如此爱车，与美国人重视个人自由有密切关系。因为讲究个人自由，这个国家从来没有户籍制度，随意迁徙，汽车就成了必不可少的工具了。国家精神的核心是个人主义，以及个人价值观，崇尚机械、工业的伟大。于是汽车所具有的高速度、大马力、机动灵活的特性，都和美国人的精神和欲望一拍即合，便成为美国人生活中不可或缺的一部分。有位美国记者很传神地写了一句话，说汽车是“有史以来为那些非圣贤、非一体化的全体美国佬所创造的最棒的把性、速度、地位结合成三位一体的工具”。

没有车以前的美国是怎样的呢？当然是满大街的

马车啦！1900 年，纽约市的马一共拉了 250 万吨的马粪、6 万加仑的马尿，那年纽约市的清洁工要搬走 15000 头死在街头的马。

毕竟美国人以前一直离不开马，因此，汽车出现的时候，也是拿马来做广告词的。我在翻阅旧的纽约报纸的时候，还见到过 1901 年的汽车广告，说是你买了车，就等于驾驭了一匹力大无穷的不必喂草料的马。时至今日，论及汽车功率的大小，还是以多少匹马力来计算呢！

当然，在一个城市只有千把辆汽车、一个国家只有百把万辆汽车时候的感觉，和一个城市有一千多万辆汽车、一个国家有 3 亿辆汽车的感觉绝对是两回事。

1911 年，骑马或者拉辆马车在几十万人口的洛杉矶街上走，时速是 11 英里；现在，我自己在洛杉矶开车，通常一小时可以跑 100 公里以上，如果没有警察拿雷达测速器盯着，还可以快一些。至于汽车的出厂说明上，就更加夸张了，说是可以跑到一小时 400 公里。

单从纯粹技术指标来看，好像比 1911 年快上几十倍了，但事实上，每天上下班高峰时间，在洛杉矶拥挤不堪的高速公路上，平均时速竟只有 6.44 公里，比 1911 年骑马还要慢。一个美国孩子 16 岁拿到驾驶执照，到 25 岁大学毕业，大约有四年是在车上度过的，这时间，就是让塞车给塞没了的。

<<<

塞得像停车场一样的高速公路上，任你是宝马还是悍马，都跑不起来

交通阻塞、污染严重、油价高涨，公路上挤得人人烦躁，遇到有不守规则的人乱切线，气不打一处来，拔枪打倒对方的事情时有所闻，英语中都出了个专门名词，叫“road rage”（公路愤怒）。

情况这样恶劣，但美国人对车的爱一点也没有降低。最近看见有辆车的后保险杠上贴着这样一个条子：“只有把我冰冷的腿从油门上撬开，才能把我从车里拉出来!”意思是老子死才离开这车。你看都到这个地步了，不是疯疯癫癫的了吗?

汽车在美国，早已不是简单的交通工具了。它是美国人的心理写照，这里有美国人最核心的情结：私人自由的理想诱惑，个人力量无限增长的曼妙错觉。在美国开巨型 SUV 的人，甚至开悍马的人，一多半是个子小小的女性，就知道她们是多么希望自己强大和彪悍了。

因为有了汽车，有了这么多汽车，有了比全国人

>>>

越是娇小玲珑，越是希冀彪悍强势，小小年纪已经迷上“悍马”了。

口都多的汽车，美国就变得面目全非了。城市是为汽车而不是为人建造；公路巨大无比、停车场庞大到令人难以相信的地步；NFL 一场比赛就有 8 万辆车去，你想想 8 万辆车停在一起是多么大的一个场子，散场之后要有多少条路来疏通这么多车？有人将洛杉矶比作“汽车轮子上的城市”，并不为过。

美国人把汽车当成自己的私人空间，他们甚至把办公室、餐馆、浴室都搬到车上去了。那些退了休的老人家，开辆巨大的 RV（Recreation Vehicle），上有一房一厅，厨房浴室，电视音响一并俱全，后面再拖辆小车，就上路了，退休的日子好过得很。全国各地，到处都有 RV 停车场，大多设在风景优美的湖边、林中，各种水电煤气管道一应俱全，还有专人来收垃圾呢。晚上到了那里，加油加煤气充电充水，开火煮饭，打扫卫生，花上两三年，就能全美国走上一圈，乐着呢！

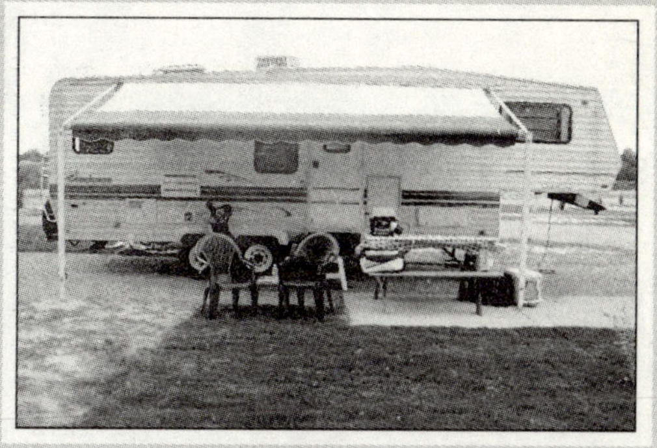

一房一厅，吃喝拉撒均在其上，煤气水电一应俱全，周游四方，其乐无穷

美国卖得火的书是什么样的呢？请名人朗诵的名著录音带，英语叫“audio books”。为什么自己不看书呢？因为要开车。上路前先买几本精彩的“书”，一路听去。最近调查，卖得最好的是亨利·梭罗的《林中日月》(Life in the Woods)、马克·吐温的《哈克·贝里芬》，不过美国人并不想再走梭罗的林中小路，也再不想跟哈克·贝里芬畅游密西西比河，他们喜欢的还是那条无头无尽的高速公路，他们的心在公路上，在汽车里。

本来伊拉克战争、阿富汗战争之后，大家以为美国依靠廉价的中东石油的汽车恋会告一段落了。没想到2012年美国在油页岩开采技术方面有了突破性的发展，已经进入工业化开采的阶段，当年就令自产原油一下子跃升到52%的水平了。据说美国中部十五个州的地下，都藏有丰富的油页岩，如果按照这个速度发展下去，到2020年，美国的汽油的自产比例能达到

85%，无需依赖海湾石油。一旦成为现实，我能够想象到的直接结果，就是有更多的车在美国的公路上奔跑，有更多的车-家之梦继续延绵。

2012 年 7 月 15 日

<<<

王受之设计的建筑

匆忙的群落

几十年前我刚刚到美国在东部的宾夕法尼亚州大学做“访问”学者，本来是想找个地方关起门来好好读书、看博物馆的，学校让我代课，越代越多，身份就从“访问”开始变成“住家”，毕竟是“州大”，和独立艺术学院还是有差距，因而萌生走意，最后选定了帕萨迪纳的“艺术中心设计学院”（Art Center College of Design），人工不高，但是条件不错，并且工作比较稳定，又有寒暑假，这样就做下来了。进过很多不同类型的圈子，认识了很多人。

1980 年代国内的艺术家都争取出国，特别是 1989 年之后，更是如过江之鲫，只有有一点点机会都会争取，出国谋生不易，在纽约街头给人画肖像的国内画家就有好几百号人，1990 年中央美术学院侯一民、周令钊先生去美国，我陪他们，我问他们纽约印象，侯先生说：毕业于中央美院在纽约街头画肖像的人之多，他感觉是““中央美院’本部在纽约街头，分部在北京王府井”。

1990 年的夏天，郑胜天打电话给我，说在加利福尼亚大学圣地亚哥校区（UC San Diego）谈妥了一个艺术工作室的计划，提供一批中国艺术家的暑期工作项目，联系了好些在美国的画家去工作，还举办了几次研讨、座谈会，约我和一批在洛杉矶的画家过去。学校放暑假，艺术系就让出来给大家创作用，那里的工作室、宿舍的条件都很好，那个活动前后一个月，有差不多20人左右参加，有些人住学校宿舍里，用工作室创作，好像我这样有事的人就周末过去，前后参与的人很多，其中陈丹青是从纽约过来参加的，具体的人我已经不记得太清楚了，好像包括了后来成为称作“云南画派”的重彩画的主力的蒋铁峰、丁绍光，湖北美术学院国画家唐大康，中央工艺美术学院的女画家肖惠祥等等。那批艺术家在那里工作了一个月。白天分头各自画画，晚上聊天，大家也没有什么城府，开心得很，我和陈丹青很谈得来，也很喜欢他的画，往来就密切了。阿城也有时候过去，他比较独立独行，说说话，轻车熟路，说走就走。

那次活动结束的时候，举办了一次作品展，但是丹青的一套三联画还没有画完，阿城当时一个人住在洛杉矶市中心的一个叫做“银湖”（Silver Lake）的地方，有栋不大的独立房子，三间房，在一个斜坡上，很安静，小块三角形的硬木地板，车就停在车道上，门口有几棵半干枯的棕榈树，很加州。他看丹青还没有完成那套作品，就让他在大学里的活动之后搬过去他的地方，继续完成，丹青因此在那个小房子里有工作了差不多两个月，他们成为莫逆之交大概也开始于这个时期。我很关心那套画的进度，经常下课就过去聊天，看见他们两个拿铝锅煮挂面，就端着锅吃，吃完了也不洗，就坐在厅里用阿城那套很好的音响放黑胶唱片，听海顿、亨德尔、莫扎特的弦乐四重奏。我

1982年在大连棒槌宾馆讲座

记得和他们谈自己喜欢的音乐，我说不怎么会听室内乐，但也买了音响，就听点交响乐，阿城叼着烟斗，冷冷的回我一句：不听室内乐买音响干什么？让我有点愕然，不知道怎么回答了。丹青则安静的抽他的香烟，笑笑，不吱声。

那栋房子有这样的氛围，就成了大家很喜欢去的地方，聚会很多，大家也就熟稔了，自然成了一个圈子。

陈丹青那组画尺寸非常大，也很震撼，完成之后拿到我住的公寓后面，放在外面拍照，我帮忙扶着，丹青拍，效果很好，好多年之后，那批画在一个画廊展出，还出版了一本英文的画册，丹青送我一本，看见那些作品，对那段大家都还在漂泊的岁月很是很留念的。

邂逅魏斯

美国大画家安德鲁·魏斯（Andrew Newell Wyeth，1917—2009年）在国内曾经非常出名。记得70年代末、80年代初，不但好多人喜欢他的画，还有几个青年画家模仿他的风格，其中以何多苓最为突出。当时好多人用“怀斯”这个翻译名称，有一段时间几乎国内所有的艺术杂志都刊载过他的作品，他的水彩、蛋清画风靡一时。后来现代艺术在国内兴起，魏斯风才慢慢的降温下去。

魏斯生于1917年7月12日，到2009年去世，享年差不多99岁，艺术史上如此长寿的艺术家还真不多见。他的全名是Andrew Nowell Wyeth，生于美国东部宾夕法尼亚州的查兹佛德（Chadds Ford），父亲是美国插图的奠基人之一N. C. 魏斯（全名是Newell Convers Wyeth），魏斯是跟父亲学画画的，一生并没有上过美术学校。当时在国内流行的他的作品主要是他在1948年完成的“克莉斯汀娜的世界”（Christina's World），画腿部有残疾的克莉斯汀娜在缅因的荒原上匍匐的情况，孤寂而坚强，画风细腻，冷漠而感人。国内在此前没有看过这样的题材和表现方法，因此反响很大。这张画出名之后，画上那栋孤零零叫做“奥尔逊住宅”（Olson House）的房子，现在甚至成为一个旅游景点。克莉斯汀娜患有小儿麻痹，1969年就去世了。真人真景，画得丝丝入扣，我看到印刷品的时候都很震撼，后来在纽约的现代艺术博物馆看到原作，呆立在那里看了好久，不仅仅是看画，好多旧事在画前涌上心头。

到美国之后，知道收藏魏斯作品为主的博物馆有两个，一个是缅因洛克兰(Rockland)的“范士沃斯博物馆”(Farnsworth Museum),另外一个是他家乡宾夕法尼亚的“白兰地河博物馆”(the Brandywine River Museum in Chadds Ford,Pennsylvania,),后者基本上是魏斯家族的艺术博物馆。

我自己对缅因的感觉，最早是来自安德鲁·魏斯的画。1987 年，我在美国东部的宾夕法尼亚州立大学中的一所，叫做西切斯特大学（West Chester University）做访问学者，一方面做点研究，同时也教几门课。那所学院的位置在切斯特县的县城西切斯特，美国人管县城叫做“county seat”，那是一座纯粹的大学城，居民的主体就是学校的师生，非常幽静和富于文化气息。艺术系在一栋独立的大楼里面，我们教员的办公室在三楼，因为大学里真正读艺术专业（fine art）的人很少，一多半来上课的学生都是选修课的外系学生，因此平日大楼里倒很安静。

西切斯特在宾夕法尼亚靠近德拉华州的边缘上，校园周围全部是大森林，森林里面有小路，那里附近有个连小镇都很难说得上的特别小的居民区，叫做查兹佛德（Chadds Ford），就是我上面说的魏斯的出生地了。那个地方位于一条老铁路和有 100 年以上历史的东部一号公路交叉位置上，是上十间小店、快餐店构

上海发表设计讲话

成的一个建筑群落而已。在靠近铁路平交口附近有个小小的餐馆，我经常和系主任林伍德·怀特（Linwood White）中午开车去喝碗奶油土豆汤（美国人叫 Clam Chowder，上海人就叫“奶油汤”），吃个吞那鱼三明治，就算一顿中饭了。那个店很小很小，仅四、五张桌子，前面对着一号公路，后面是铁路边的一片广阔的草场，秋天了，收割了的干草卷成一个一个圆形草垛，堆在那里，是给牲口越冬吃的口粮。远处看得见森林，丘陵起伏，草场中间有栋孤零零的石头房子，林伍德告诉我说：那就是安德鲁·魏斯的家。餐厅的老板也跟我们聊起过：魏斯的父亲和妹妹，因为汽车死火，卡在铁路上，就是在这个铁路的平交道口上被急速开来的火车撞死的，那好像是 1945 年前后的事情了。

魏斯的作品非常阴郁，非常精细，总是秋天的寂寞、冬天的孤独，有种宿命感。1980 年在中国青年画家中一度很受欢迎，好像何多苓、艾轩这些人都受到他画风极大的影响。技法上、氛围上都有浓厚的魏斯风，我自己对这位画家也是很有好感的。

我们正在吃午饭，一个老人走进来，坐在靠窗的座位上，要了一碗汤，静静的看窗外的深秋草场。林伍德过去给他打招呼，并且叫我过去见这个老人，原来就是魏斯。魏斯是我工作的西切斯特大学艺术系的教授，他早已经退休了，但有时候还会去学院看看，因此说起来我们还算是同事。我握握他的手，他的手很冷，很干燥，表情近乎冷漠。我告诉他说我很喜欢的画。他说："是吗?"，仅此一句。我问他准备在这里过冬天吗，他笑了笑，说："不，我要去缅因的家过冬天。"老人好像已经对所有事物都不再感兴趣，谈话很干巴，一问一答，也从来不提出问题，那种气氛很不像是在对话。我留意到，餐厅里的所有的人，特别是餐馆老板都在留意我们的谈话，我反而紧张起来，问道：缅因冬天很冷吧？他说："冷的，不过我很喜欢那里。"我知道他在缅因有工作室，但是从来不知道他喜欢冬天去那里。在美国，缅因是夏天去避暑和秋天去看红叶的地方，冬天的孤独感一般人是受不了的。

魏斯喝完那碗汤之后，慢慢站起来，朝门口走出去，那小餐馆的人都站起来向他告别。魏斯是当地大概最出名的人物，也是整个美国当时最著名的画家，这里的人都把他视为神圣偶像。

去西切斯特的前一年，魏斯在那里突然拿出自己收藏了十多年创作的一个系列作品，好像突然打开了一个十多年的大秘密。画是请一个叫做赫尔佳·特斯托佛（Helga Testorf）的当地妇女做模特的。他们两个的秘密合作，从1971年开始。他画了这个相貌平庸的中年妇女的身体、肖像，极为精细而充满了一种冷静感。多年一来，他们的合作就在查兹佛德附近一个小房子里进行，连魏斯的太太贝斯（Betsy）也完全不知道。直到1985年，他第一次把14年里画的这一大批画给贝斯看，把她惊呆了。第二年，他在我们西切斯特大学附近的一个地方，把这批画全部交给一个画商安德鲁斯（Leonard Andrews）处理，安德鲁斯在全国主要博物馆举办了一系列展览，我去西切斯特大学教书的时候是1987年，这批画的出现引起世界艺术界的很大震动，1990年安德鲁斯把这整个系列卖给了一位日本企业家，到2005年又由一个美国收藏家全部买了回来。这批画的价值，我想应是以千万到亿之间来计算的了。美国媒体那几年对魏斯和赫尔佳之间的秘密关系渲染得相当热闹，报道连篇累牍，因此我也早知道这个情况。那天偶遇魏斯本人，本来想问问他有关这个系列的创作过程，林伍德在他身后紧张地连连对我做手势，叫我闭嘴。后来才知道魏斯最讨厌人家问赫尔佳的事情的。

在美国，到了1980年，艺术家中基本没有什么人再画写实绘画了。因为自从1960年的波普运动开始以来，整个西方绘画经历了一场取消绘画的历程，到这个时候，莫说画画，就是能够动动笔的人都不多。魏斯的父亲N. C. 魏斯是美国插图的奠基人，他肯定受父亲很大的影响，因此走写实的道路。但是他不画插图，而是把写实主义作为自己艺术创作的主要形式，这样，反而成了美国艺术界一个很特殊的现象，他也成为美国当代艺术几乎绝无仅有的一个写实主义大师，而没有成为插图画家。单就这点来说，已经很有意思了。何况他日复一日、年复一年的画同一个人物、同一个主题，兢兢业业，一丝不苟，和抽象表现主义那些一挥而就的大师，好像罗伯特·玛特维尔（Robert Motherwell）、杰克逊·波洛克（Jackson Pollock）大相径庭，更是引起艺术界、评论家的极大兴趣。这个人从来不愿意接受媒体采访，只是关起门来画画，有时候在查兹佛德家里，有时在缅因的家里。因此，环绕着他总是有层神秘的色彩。

魏斯可是鼎鼎有名的大师了，在美国任何一个一流的博物馆，诸如纽约的大都会博物馆、现代艺术博物馆，华盛顿的美国国家艺术博物馆等，都有收藏他的作品。更不必说查兹佛德的白兰地河博物馆，那里陈列着魏斯的父亲、魏斯以及魏斯的儿子的作品，基本是个家族博物馆，不少人慕名远道而来。2006年5月开始，费城艺术博物馆（the Philadelphia Museum of

Art）展出了他的几乎全部作品，这是美国艺术界的大事。魏斯是自从美国画家约翰·萨金特以后第一个入选法兰西美术院（the Académie des Beaux-Arts）的院士，也是第一个被选入英国皇家学院（Royal Academy）的美国艺术家，那是1987年，也就是我见到他那一年的事情。我自然当面恭喜他获得这个殊荣，他摇摇手，轻轻说了声“谢谢”，并不很在意。1990年，老布什总统在白宫向他授予了美国国会荣誉勋章（the Congressional Gold Medal of Honor），在美国艺术界，能够达到这个高度的人绝无仅有，他却是泰然处之，行若无事。

魏斯生于1917年，我见到他的时候是他刚刚70岁，不过老态已经很明显了。看他的画，就知道他心态很老。前面我提到他在1948年创作的“克莉斯汀娜的世界”（Christina's World），这套画的原作收藏在纽约的现代艺术博物馆里，我去看过几次，那种明显的空虚、宿命感实在太强烈了。1948年，他在查兹佛德画了他的一对邻居安娜和卡尔库莫夫妇（Anna and Karl Kuerner），他还持续不断的画他们的农庄，这个题材他整整画了30年。他在缅因建造了画室之后，也在那里画一个邻居奥尔逊夫妇（the Olsons），也是一画几十年，从那个时候开始，他的工作和生活基本均分为两地：宾夕法尼亚和缅因。他的缅因系列更加令人震撼，因为缅因州冬日的那种寒冷感、孤独感，在他的作品上面表现得淋漓尽致。站在他的原作前，我的感觉是寒气逼人，从头到脚的贯穿，同时心灵极度震撼。这种体验是我看其他的人的作品的时候很少有的。

安德鲁·魏斯和他的父亲 N. C. 魏斯、儿子詹姆斯·魏斯的创作，其实都和缅因有关系。N. C. 魏斯第次一去缅因是 1920 年，他在缅因州的克莱德港（Port Clyde，Maine）看到了壮丽的大西洋景色，缅因州夏天和秋天壮丽的色彩，和宾夕法尼亚完全不同，壮阔而明朗，他的画风出现了很大的变化，色彩鲜艳壮观了，一个风景点他会画出不同时间、不同季节的整个系列来。

我在那次见面之后，很注意看魏斯的缅因时期的创作，对缅因有种近乎崇拜的感受，那是魏斯带来的，那种渺远、清寂、出世、孤独、离群、宿命的氛围很令我迷惑。我自己的背景完全没有那些元素，因此更加受到吸引，觉得奇特而喜欢。虽然艺术界有评论家说魏斯基本是个插图画家，我倒从来不在乎这种绝对化的评价，画是给人看的，给人感觉的，不是给评论家定调的。我喜欢魏斯，也就产生了一种对缅因的情感。

<<<

王受之设计的建筑

A HISTORY OF MODERN DESIGN
世界现代设计史
王受之设计史论丛书
Shouzhi Wang
王受之 著
中国青年出版社

我如何走上美国讲台

最近有一个读者，连续不断在博客每一篇文章后面跟帖，问王老师怎么走上美国讲台。我们就这个读者的问题问王老师，王老师说这个问题是要在回忆录后面讲的，走上美国大学的讲台，成为美国大学的老师，是一个很长期的努力过程，不是三言两语可以讲清楚的。但是，为了这个读者的强烈追问，王老师还是在百忙之中做了一下的答复。具体细节要等回忆录写到美国大学那部分再讲了。

我的博客管理员

有读者追问我是怎么走上美国大学讲台的，这个问题是一个很大的问题，估计短短一篇文章说不清楚，我在这里先讲讲我自己这个历程的梗概吧。

美国一般综合性大学当老师，方式和国内我看差不多，足够的学历，符合学校要求的素质，作品集，面试，试用，最后定位置，从助教到副教授，如果顺利要6~10年吧，做正教授时间更需要长一点。很规范，按部就班，位置不多，进去不容易，进去了试用期也随时可以炒你，需要非常努力，每年有著作出版，有展览举办，教学努力，学生反映好，和学校的同事相处好，教的课程顶用，合乎大学的教学需求。我想这些大家都明白的，没有什么捷径的。教书这种事情，上了讲台，下面几十上百双眼镜看着你，你说能有什么可以投机取巧的呢？

美国大学有三大类型：州立的、私立的、宗教社团的，第三种不是神学院，是宗教组织建立的大学，好像解放前我们的辅仁大学、岭南大学、湘雅医学院、燕京大学等都属于这一类，美国如 Notre Dame 大学也是这类的。在美国大学当老师，首先要有足够的、美国人认可的学历，这是一般大学的情况。美国大学有赢利性和非赢利性两种，严肃的大学，也就是学界认可的是非赢利性的，赢利性的有点类似我们的职业学校的地位。

但是美国的艺术院校情况比较特殊，因为学历不能够反映这个人真实的能力，艺术和设计比较突出对个人的才能、创造力要求，因此通过正常招人的渠道恐怕找不到合适的人。因此，绝大部分艺术院校更加重视的倒不是学历，而是具体的工作经验，作品或者著作，还有一个更加重要的就是讲课在学生、老师中的反映。

美国艺术院校有两类，独立艺术院校有州立的，比如纽约的 Fashion Institute of Technology（FIT）是世界顶尖的时装设计学院，属于纽约大学系统的，是州立的；麻省艺术学院（MIA）属于麻省，州立的。私立的比较多，总的数字大概是 60 ~ 70 所之间，美国没有管理高等教育的联邦部门，因此管理主要是行业自律组织，主要的就是美国全国艺术和设计院校委员会，

<<<

在长沙电影院讲课

英语缩写叫做NASAC，还有就是区域性的高等院校委员会，我所在的加州属于“西海岸高等院校委员会”（WASAC）管理范围，院校组成这些机构，互相审查，通不过公布之后招生就有困难，自然要很努力的设法达到标准，标准很复杂，我曾经在NASAC中做过艺术和设计理论组的成员，评估过其他院校，比较了解，但是我可能在这里讲太仔细了。

如果从艺术学校的具体情况分，有两类，一个是附属在综合大学内的艺术学院或者系，另外就是上面列的独立艺术学院了。

问我怎么走上讲台的，我想首先是你必须在专业知识上非常强，作为一个外国人，你要比一般美国老师在具体领域里还要强，否则不会考虑你的；第二是作为理论教员，你的英语要非常好，学科知识和文化素养要很高，第三是你必须在试用期表现得突出，因为每个学期学生都会给你评分，学院是否留用你，很大程度看学生对你的满意程度。对我来说，在美国高等艺术院校教书，是很大的挑战，因为第一我们学院要求学生基本有本科学历才接受，学院一年级学生平均年龄是24岁，基本是研究生院，你不能够偷巧，真刀真枪的上去讲；第二是学生来自七十多个不同的国家，你讲世界艺术和设计理论和历史，也没有一点点可以偷巧的地方：给德国人讲德国设计，给美国人讲美国设计，给意大利人讲意大利设计，给法国人讲法国设计，给日本人讲日本设计，等等。二十多年来，兢兢业业的努力，不断补充自己，我从1993年前后开始，一年三个学期都被毕业班学生评选为“最佳教授”，因此工作岗位就很稳定了，

这个读者问我怎么有信心上讲台，我自从1984年在香港理工大学设计学院用英语开始讲学以来，好像从来没有过缺乏信心的情况。这是个人的性格所定的，估计未必可以通用吧？

1987年我有机会去美国，当时有四个大学请我，这些都是在国内大陆、香港时期已经了解我的大学，其中威斯康星大学麦迪逊校区的历史系主任斯坦利·库特勒邀请我做研究，而宾夕法尼亚州立大学邀请我去他们的艺术和设计学院做研究和教书。我选择了后者，因为比较希望在一个不是那么顶级的学院做，估计发展空间大一点点。1987年我在宾夕法尼亚州立大学西切斯特校区（West Chester University）做访问学

者，我是个理论为主的万金油型的人，因为1970年代在设计公司（工艺美术工厂）工作过六年，什么都可以做，因此在学校里我什么课都教，大凡缺教员，系主任就肯定找我顶课，理论也上，基础课也上，专业课也上，和同事关系也很融洽，也画画，做设计，不到一年就在学院的画廊举办了两次个人作品展览，好多人来看，都很喜欢。当时在哈佛大学做富布赖特学者的约翰·赫斯基特（John Heskitt，现在是香港理工大学设计学院的理论负责人，博士生导师）组织一个项目，是研究国际化、全球化的设计发展的，我写了一篇很长的关于对中国设计的回顾和未来瞻望的论文，发表后反映不错。

1987年夏天，洛杉矶名校艺术中心设计学院（Art Center）的副院长、理论系主任理查德·赫芝（Richard Hertz）博士邀请我作为他们学术系列讲座的讲者，因为是日本丰田集团捐款建立的讲座系列，因此叫做“丰田讲者”（Toyota Speaker），7月份从费城飞去洛杉矶讲课，很轰动，演讲厅里面学生挤得满满的，问题很多，我都对答如流。学院很惊异发现有这么一个东西方设计和艺术都那么通的人，因此讲完课吃饭的时候就提出请我教书，我是1988年去就职的，先是试用期，从一门课教起，4年后转成全职教授（full time faculty），教五门课：设计理论、世界设计概况（world design）、现代主义导论（相当于现代艺术史）、娱乐设计（是

2000 年新开的课，现在热得不得了）、亚洲概论（Pacific Destiny）。想想也就 20 年了，自己也成了理论系的“老行尊”了。学院里大家都很尊重我，按照我的工作情况，我想再教三年也就退休了。

期间在好几个学校兼职，南加州的三个重要的艺术学院我都教，一个是迪斯尼办的“加利福尼亚艺术学院”，是个综合艺术学院，我在那里帮陈丹青、刘晓东、蒋铁峰这些人举办过一次现代艺术展，还和吴天明合作给学生介绍过电影《双旗镇刀客》等等；第二个是南加州建筑学院，我讲东亚建筑史，是院长艾里克·欧文·莫斯（Eric Owen Moss）请我去教的，教的时间不长，是因为国内事情多，他们学期比我自己的学院长，时间上冲突，第三个是奥迪斯艺术与设计学院（Otis Institute of Art & Design），后来这个学院搬远了，我就没有去了。

问我怎么可以上讲台的，我好像觉得就这样上了，恐怕自己的内功和语言能力、表现的个人魅力都有关系吧？不清楚。

<<<

王受之设计的建筑

后记

这本小册子其实是一批不连贯的关于那些旧记忆的记录文字，承蒙武汉大学出版社支持，和洪湖时期的老朋友萧继石、谭文祥大力推荐，因此得以给读者献丑，在此很感谢。这批旧照片，已经堆在美国的储物间里多年，幸亏冯达美老师有心清出，我的研究生黄丽伟帮我仔细地整理，也在此一并谢谢。

王受之